眩談

京極夏彦

角川文庫
19453

目次

口絵造形製作／荒井　良
口絵デザイン／舘山一大

便所の神様

どろどろどろと雲が涌《わ》く。

空は藍色《あいいろ》、そして玄《くろ》。黄昏《たそがれ》も過ぎ帳《とばり》が降りる、夕と夜との間くらいです。雲の境界《さかい》が白く輝く。背後《うしろ》に太陰《つき》が居るからです。

嗚呼《ああ》、澄んでいるのか煤《すす》けているのか判らない。迚《とて》も半端な彩《いろ》であることよ。昏《くら》いのか明るいのか判らない、何とも半端な空であることよ。

婆ちゃんが哭《な》いてばかりいるので、煩瑣《うるさ》くて僕は玄関から出たのです。がらがらと戸を開けて、下水の上に架《か》かっている色の抜けた板の上に立ったのです。

そこで夜天《そら》を仰いだのです。

もう少し暗くならなければ星は能《よ》く見えません。

今日はやけに月が輝いているから。

でも星が視《み》たい訳じゃない。あの粒粒《つぶつぶ》した天蓋《てんがい》の滲んだ孔《あな》を凝眸《みつめ》ていると、何だか己《じぶん》がちっぽけでちっぽけ過ぎて哀しくなってしまうからです。うんと遠くへすっ飛んで行きたくなってしまうからです。

電信柱が黒黒と屹《た》っていて、吊り橋のように撓《たわ》んだ電線が何本も何本も数えられない程に延《の》びていて、それが集まった辺りにまるで熟《う》れた鬼燈《ほおずき》みたいな外燈が、ぼわん、ぼわん、と浮かんでおります。

向かいの家はもう真っ黒で、屋根の瓦《かわら》だけが少し月明かりを照り返し、奇妙な模様を作っています。まるで長虫《へび》の鱗《うろこ》のようです。

この。

玄関から道路まで、下水を跨《また》いで渡してある短い板の下に。

昔、蛇が居たことがあった。縞《しま》のある短い蛇で、父さんが捕まえて殺した。気持ち悪かったけど、面白かった。面白かったけど、鬼魅《きみ》が悪かった。

楽しいことと恐いことは、そんなに違いがありません。

昔といっても去年だったか。一昨年《おととし》だったか。

此処《ここ》だよな。

今度は下を見たのです。

地面はてらてらしていました。

下水の溝はもっとてらてらしていました。汚い水が流れているのでしょう。下水の溝の両脇には、何だか判らない靄靄《もやもや》があって、それはきっと昼間見れば叢《くさむら》なんだと思いますが、今は暗いので何だか判らないものなのです。

一本だけひょろりと長い草があって、それだけは草だと判ります。

足許《あしもと》の板は、何だか白茶けていて、全体の昏さからは浮き上がっています。汚い板は乾燥していて、がさがさしていて、土埃《つちぼこり》やら砂やら塵芥《ごみ》やらが付いていて、しっとりと湿ったような夕と夜の狭間の景色の中にあっては、何だか異質なものでした。それもその筈で、家の玄関燈が、僕の頭越しに板を照らしているからです。

月の光を嫌っているのでしょう。

だからがさがさしているのさ。

てらてらしない理由です。

電気は波長が合いません。もの凄く近くで観たテレビみたいです。

昼間はこんなことがないのになあ。太陽というのは、それは強いものなのだなあ。

僕はそう思います。あの蛇も、太陽が強過ぎて厭《いや》になったのかもしれないぞ。そうでなければこんな汚い下水の溝の、白茶けた板の下なんかに居ないだろうに。

父さんが殺した。

アア、アア、と声がします。

犬のようです。

犬のようですが、あれは婆ちゃんです。来る日も来る日も陽が暮れると泣く。声を出して。涙はあまり出ないけれど、それはもう泣く。

哀しいのでしょう。

でも、煩瑣《うるさ》い。

何だか淋《さみ》しくなってしまった。

もう寝ればいいのになあと思います。

婆ちゃんは、茶の間のひしゃげた長椅子《ながいす》に座ったきりで一日過ごして、そしてたっぷり泣いて、寝るだけです。朝《あした》になると、それは早く起きて、仏壇《ぶつだん》のある部屋でお経を上げます。お経は、下手です。お坊さんのようには詠《よ》めません。何を言っているのか解らないし、声も穢《きたな》い。調子も外れています。

だから目を覚ますと、いつもその、鵞鳥《がちょう》みたいなお経の声が聞こえています。

それはそんなに煩瑣《うるさ》くない。

あんなに一所懸命祈っているのに、夜になると哀しくなるんでしょう。それならお経なんか上げなければいいのにと、僕は毎日思います。声が涸《か》れてます。響くけれども延《の》び代《しろ》のない掠《かす》れ声です。婆ちゃんは外に出ないので、電気の波長ですっかり乾いているのかもしれない。髪の毛は膏《あぶら》を付けて撫《な》で付けているけれど、皮膚《はだ》はかさかさです。

しっとりとした月明かりの景色を観ていると、そんな気持ちになって来ます。

それにしても煩瑣い。

雲が切れて、皓皓《こうこう》と月輪《がちりん》が照り始めたというのに。何がそんなに哀しいんだろう。

僕は、これ以上夜気に晒《さら》されていると心《ここ》が凍えそうになる気がしたので、道路に背を向けて玄関に向き直り、がらがらと戸を開けて三和土《たたき》に踏み込みます。

家の裡《なか》は朦朧《ぼんやり》としています。

硝子《ガラス》戸越しに茶の間の様子が窺《うかが》えますが、硝子にはガチャガチャした模様が刻まれているので、やっぱり朦朧としています。輪郭が暈《ぼや》けた色の塊《かたまり》です。婆ちゃんも壁も長椅子もテーブルもテーブルの上の湯呑みや果物も、みんな輪郭が少しずつ混じり合った、色の塊です。テレビ画面だけがひかひかと点滅するように動いています。

電気だから。

どういう訳かテレビの音量はいつも低くって、聞こえ難《にく》いのです。

婆ちゃんの泣き声の方がずっと大きい。

家の裡は、少し臭《くさ》い匂いがします。

家の匂いです。下駄箱の上にはレースの敷物が敷いてあって、毛糸で編んだチョッキを着たキューピー人形と、貝殻《かいがら》で作った狸《たぬき》の置物が置いてあります。狸は、左目の処が壊れて取れてしまっているので、捨てればいいのに捨てればいいのにと、見る度に思うのです。こんなもの友達が見たら、必ず莫迦《ばか》にされてしまうから。

友達は気が付かないのだけれど。

家の変な匂いは、きっとキューピーのチョッキにも染み付いています。

チョッキは元元ピンクで、縁《ふち》は黄色だったのに、もう何だか全部がベージュみたいな色になっています。退色してから、変な空気で染められたのです。そうなのです。

だから、この毛糸のチョッキは、きっともの凄く臭いんだと思う。

家の匂いが編み目の間や繊維の隙間にたっぷり染み込んでいるに違いないのです。

だって何年置きっ放《ぱな》しになっているか判らないんだもの。誰が編んだのか知れないんだもの。

飾らなきゃいいのに。

そもそも、うちは臭《くさ》いから友達を呼ぶのが厭なんだ。

友達が来てもいつも外で遊ぶ。家には上げない。

僕の部屋は三畳間で小さいし、部屋というより部屋と部屋の途中だから。

この匂いは何の匂いなんだろう。臭いけど、僕はほんとうは、そんなに嫌いではありません。ずっとこの匂いを吸って生きているからでしょうか。この変な空気を呑み込んで育ったからでしょうか。すっかり慣れてしまったのでしょうか。

でも、外の透き通った空気の方が気持ちが良いのです。

鼻から頭の方に抜ける。

すうっとするから。

家の裡《なか》の空気は、鼻から吸うとじわじわと体に染み込むような気がするのです。落ち着くけれど、ちっともスッキリはしません。

古いからかなあ。

汚いからかなあ。

木造の平屋です。

二階建ての友達の家は新しくて恰好《かっこう》がいいです。団地もアパートも恰好いいです。

びてるし。

うちは何だかお寺みたいな色だから。床にビニールの敷物とかが鋲《びょう》で止めてあったりするし。壁に立山《たてやま》のペナントとか貼ってあるし。外壁もみんな板だし。トタンとかが錆びてるし。

だから匂うんですきっと。

何の匂いなんでしょう。

仏壇のある部屋は、線香の匂いがします。蠟燭《ろうそく》が焦げた匂いもします。

簞笥《たんす》がある部屋は、樟脳《しょうのう》の匂いがします。紙みたいな匂いもします。

風呂場は石鹼《せっけん》と黴《かび》の匂い。台所は水垢《みずあか》と、野菜に付いた土の匂い。

茶の間は、婆ちゃんの匂いです。年寄りの匂いがします。それから、ご飯の匂いもします。味噌《みそ》や醬油《しょうゆ》ではなくて、炊いたお米の匂いです。

そういう色んな匂いが混じり合っているのかもしれません。

混じり合うと臭い。学校や街にはそんな匂いはしない。線香や樟脳や黴や土や年寄りの匂いはしない。それはどれも家の中だけでする匂いで、それが溶け合って混じり合って、模様のある硝子戸越しの景色みたいに境目がなくなって、それがうちの匂いなのかな。

多分うちの匂いなのでしょう。

恥ずかしいです。

でも、嫌いな訳ではありません。

臭《くさ》いよ臭いようちの匂いだよと思うと、恥ずかしいけれどほっとします。体の芯まで行き渡っているのですか、僕の。肺とか心臓とか。細胞のひとつひとつや血管の中にも。

キューピーのチョッキみたいに。

僕も臭《くさ》いのかな。

謂《い》われたことはありません。みんな黙っているだけですか。

父さんの、もう履《は》かなくなった茶色のサンダルを脱いで、框《かまち》に上がります。足の裏がぼこぼこした框の木目に載って、気持ちが良いです。

木は冷えていても少し温かい。

茶の間に行くと婆ちゃんが煩瑣いので、そのまま廊下の方に行きます。

廊下の床板はぼこぼこしていなくて、つるつるです。艶があって、電燈を照り返しています。磨いているのです。もう居なくなった、家族達が磨いたのです。それは丹精込めて磨いたのでしょう。飴色《あめいろ》の透明な膜《まく》を張ったみたいに艶があります。

裸足であるくと、ぺたぺたと足跡が付きます。

障子が見えると仏壇の部屋です。

誰も居ないのできっと中は真っ暗なのです。障子は、もう張った障子紙が古くなっていて、全体に灰色っぽくて、紙の目も粗い感じです。障子を破くと叱られますが、でも破きたくなる時があるのです。一箇所破くと、もう歯止めが利かなくなる感じです。

だから、前を横切る時は余り見ないように心掛けます。

線香臭い。

まだ婆ちゃんは泣いている。もう寝ればいいのに。

それとも犬かな。

犬かもしれない。救急車が走るとあうあうと近所の犬が啼《な》くのです。婆ちゃんの声も同じような声音です。犬が何ものかに押し潰されたような声なのです。

廊下を進むと家は段段暗くなって来ます。

奥の方は真っ暗で、玄関や茶の間に近い方は明るいのです。

線香臭い仏壇の部屋の前辺りの廊下が、だから家の中の誰彼刻《たそがれどき》です。

僕はそこを通り越します。雨戸が閉まった硝子戸に僕の姿が映ります。でも、その姿もすぐに真っ黒の無限に融けて、ひょろひょろした弱弱しい輪郭だけのお化けみたいになってしまいます。

燈《あかり》を点けねばなりません。

尤《もっと》も、こちらの方に用はないのです。

でも、僕の狭い部屋に行くには年寄り臭《くさ》い茶の間を抜けなければならず、婆ちゃんは犬みたいに煩瑣《うるさ》いので、迚《とて》も厭なのです。今日の僕は厭なのです。何だか、胸に何かが閊《つか》えているのです。あの声が、別に嫌いではないというのに、聞きたくないのです。

だから燈を点けねばな。

そこは板間のようになっているのです。

でも部屋というより廊下の行き詰まりで、その先には黴臭いお風呂があります。

それから裏口があります。勝手口ではなくて裏口です。

だってそこから外に出たって、板の塀があるだけで、そこは狭くて、しかも毒毒しい色の、緑っぽくない草が茫茫《ぼうぼう》生《は》えているだけなのです。

その、草の生えた塀との隙間を通って家の横に出たって、犬走りは犬も通れないくらいに狭いのですし、また庭の方に出たとしたって、まるでただの空き地のような狭い荒れ地があるだけで、そこには生乾きの洗濯物が干されていたり、盥《たらい》の残骸が落ちていたりするだけなのですから。裏口から出ても家の前の露地に出ることは出来ないのです。

御用聞きなんか入って来られないですよ。

ものの出し入れだって出来ないですよ。

戸を開けたって、裏に出るだけです。だから裏口なのです。その使い道のない裏口のそばに、旧式の洗濯機があるのです。その横の籠《かご》には湿った汚れ物が山のように溜まっている筈です。

昼間の天気が良くないから洗濯が出来ないのだな。

真っ暗で見えないけれど、この闇の中に汚れた衣類が、汗や垢のついた服なんかがあるんだろうなと、僕は予測しました。匂いがした訳ではないのですけれど。

兎《と》に角《かく》真っ暗です。

手探りでしょう。

スイッチは。

お便所の戸の横です。

真ん中に、お便所があるんです。だから、何だか、洗濯物や裏口やお風呂場の匂いは全部負けてしまいます。暗がりで判るのは、そこにお便所があるということだけです。

早く燈を点けなければ。

この闇は、お便所に占領されてしまいます。だって、匂いがしますよ。

先《ま》ずは、消毒薬の匂いです。

刺激臭なのですよ、最初に香るのは。

お手洗いの水に入っているんです。消毒薬が。

黴菌《ばいきん》や、細菌や、そういうものを殺すためでしょう。水道から水を汲んで、わざわざ上から吊るしたタンクみたいなものに溜め置きして、それで手を洗うのです。吊り下げられた変な形の器具の先を手で押すと、ちゅ、ちゅ、と水が出る仕組みです。

あんまりじゃあじゃあ出ません。それで手を湿らせて、横に下った手拭きタオルで拭くのですが、擦り付けるみたいになります。きっとあの手拭きタオルは、もの凄く不潔なんです。取り替えたって洗濯したって、きっと不潔です。

だから台所まで行ってもう一度洗ったり、昼間なら外に出て、井戸のポンプで洗い直したりもします。

だってきっと汚いぞ。

消毒したって汚いよ。

タンクに注ぐのでしょう。毒を殺す毒の薬を。

だから、ちょっと病院みたいな匂いがします。病院みたいな白くて平べったい洗面器のようなものも置いてあるのです。黒い鉄の棒で出来た、弱っちい櫓《やぐら》みたいな台に乗っかっています。それは、でも空なんです。埃が溜まっているんです。こびり付いているのです。片付ければいいのに。

がちゃん、と足がぶつかります。

洗面器を乗せた台の脚にぶつかったのでしょう。

それならスイッチはすぐそこです。手を伸ばして。

便所の戸の横まで手を伸ばして。

ごつごつしたプラスチックの突起が二つ。上の方です。

ぱちり。

天井の方に、暖かいのか冷たいのか判らない、しかも歪《いび》つに進む微弱な電気で出来た光の球が瞬《またた》いて、卵を割ったみたいにどろんと闇を押し遣ります。

闇は裏口の方とか、風呂場の方とかに追い遣られることになるでしょう。

でも眩《まぶ》しくなったという程明るくはなりません。目が慣れない程の変化はないのでした。ものが見えるようになるだけで、そこはまだまだ昏いでしょう。

夢いなあ。夢みたいだ。

明るい部屋で観たモノクロ映画みたいに薄ぼんやりとしています。

お便所の前ですから。ああ、お便所の扉が能《よ》く見える。そうすると、もう消毒液の清潔にみせかけた嘘臭《くさ》い刺激臭は薄れて来ます。いや、同じように香っているのでしょうが、お便所の臭《にお》いが勝つのです。混じって変な匂いです。もう、うちの匂いじゃない。臭《くさ》い。

この木の薄っぺらな扉の、そのまた奥の安っぽい扉の先の、便器の下に、沢山の屎《し》尿《にょう》が溜められて、腐ったり溶けたり蒸発したりしているのです。その臭《くさ》みが、染み出て滲《にじ》み出て這い出て来て、消毒の匂いと混じるのです。嘘臭い消毒液なんかが敵う訳がありません。

水で薄めてあるのだし。

二階建ての友達の家は水洗便所で、迚《とて》も綺麗です。消臭剤とか芳香剤の安っぽい匂いがするだけです。でも、うちはまだ汲み取り式なので、色んな臭《くさ》みがどろどろに混ざるのです。

お便所は怖いです。

でも、尿も便も我慢は出来ないし、他の処では出来ません。だからやっぱり僕は此処に来てしまうのです。臭いけれど、怖いけれど、此処もそんなに嫌いではありません。

好きかもしれない。

臭《にお》いを嗅《か》ぐと、入りたくなります。

排便や排尿をしたくなってしまうのです。

不思議なものです。

お便所の臭いは便意や尿意を喚起します。

吸い込むと、肉体の何かが反応します。

腸が蠕動《ぜんどう》し始めたり血液が循環し始めたりするのでしょうか。

不随意筋や自律神経や、そういう自分の意志ではどうすることも出来ないものが、反応してしまうのでしょうか。それとも単なる条件反射なのでしょうか。

僕は息を吸う。

便所の臭《にお》いを吸う。

ああもう我慢出来ない。

汚くて臭《くさ》くて怖いけれども、僕は便所に入らずにはいられない。暗くて湿っていて恐いけれども、婆ちゃんの泣き声もあんまり聞こえない。天の星を見るような儚《はかな》い気持ちには少なくともならない。心臓がどきどきして、背筋がどきどきして、震えたりもするけれど、入らずにはいられない。

僕は、手垢で指の形に黒くなったクリーム色のスイッチの下の方のやつを、パチンと下げます。

便所の電燈です。

便所の扉が少し黒くなって、エッジが黄色く光ります。まるで背後に月を隠した雲みたいです。便所の扉は、上と下に隙間が空いているのです。建て付けも悪いし、木も痩《や》せているので、左右にも隙間があります。だから、裡《なか》の電燈を点けると周囲に光が漏れるのです。

あの隙間から滲み出て来るのでしょう。この臭《にお》いは。

入らなくっちゃ入らなくっちゃ。

まるで最初から、僕は大便を垂れるために此処まで真っ直ぐやって来たみたいだ。そうではないのですけれど。僕はただ、茶の間が厭だったのです。婆ちゃんが泣いているし。父さんは不貞寝《ふてね》しているのかもしれないし。他の家族はもう居ないし。

でも、今は違います。

今は便所に入りたいのです。

排泄したいのです。便を垂れたいのです。

木の棒を嵌《は》め込んだだけの取っ手を摑《つか》みます。

うちは貧乏で、家も古くて汚いので、便所の扉なんか粗末なものです。

鍵なんか、ありません。扉の内側に、太い針金みたいな、クエスチョンマークみたいな形の金具が付いているだけです。

開けると。

臭《くさ》みがより勢いを増します。

右手に小便器があります。瀬戸物で出来ていて、かなり古いものです。だって、大きな急須みたいな模様まで付いているのですから。

小便器の中には、半分くらい欠けて歪《いび》つに凹《へこ》んだ檸檬《レモン》色の球が二個、入れられています。何で出来ているのか判りません。

尿を掛けると減るのです。何のために入っているのでしょう。

学校のトイレにもあります。うちのは何か汚い。何のために入れてあるのか余計に判らない。

尿を掛けて減らして、排水の孔から転げて落ちる瞬間が見たい。

でも、まだ見たことはありません。小さくなるといつの間にか取り替えられているからです。

この、檸檬色の球から発散する臭《にお》いも、きっとこの便所の臭いの不思議な力に手を貸しているのでしょう。きっといつも少しずつ揮発《きはつ》しているのです。

小便器の排水溝から涌いて出るアンモニアのような刺激臭と混じって、この小部屋に漂い、満ちて、何だかめそめそしたような湿り気になっているのだと思います。

そういう粒子のようなものが小部屋に充満しているのでしょう。

お蔭で壁は染みだらけです。

便所の壁が何で出来ているのか、僕は知りません。

漆喰《しっくい》なのかもしれませんが、もう白くはないです。

けです。

元元昼でも微暗《うすぐら》くて、夜になると真っ暗で、電気を点けたって裸電球が発光するだけで、そんな品のない黄色い光に照らされると余計に変な色合いになるだけですから、茶色と黄色と灰色とが交ざった気持ちの悪い模様が染み付いている、汚い平面だというだけです。

人の顔とか動物とか、色色なものに見えますが、見えるだけです。

左側の壁には、一昨年のカレンダーが画鋲で貼り付けてあります。

下の方が少し破れて、色も抜けて、汚れて、もう百年前のカレンダーのようです。

充満している便所の気体に侵食されて、もう紙自体が変質して、風化しているみたいです。

仔犬の写真が印刷されています。

スピッツだと思います。

僕は下を見て、それからスリッパを履きます。右足側の、端の方が少し切れている緑色のスリッパです。でも、裸電球の遣る気のない光は下まで届かないので、膝《ひざ》から下の方はもう暗くって、真実《ほんとう》の色は判りません。習字の後に筆を洗った墨の混じった水に浸《ひた》されたみたいに、下の方はみんな黒っぽいです。

上の方は電球に近いから明るいかというと、そうでもありません。

電球だけが大した威力もないのに鄙俗《いやら》しく発光していて、そのお蔭で周りは却《かえ》って暗く見えるのです。

蜘蛛《くも》の巣なんかも張っている。蜘蛛も居る筈です。その巣に引っ掛かった蛾《が》だとか羽虫だとかの死骸もあるでしょう。便所の気体が玉のようになって付着しています。

それ以外にも虫が居ます。

居るに決まっています。

ああ、考えただけで厭だ。

こんなに暗くて湿っていて臭《くさ》いのに、虫まで居るなんて。

いつ落ちて来るか知れたものではありません。

僕は小便器の中の檸檬色の球をちらりと観て、すぐに裡扉《うちとびら》に手を掛けます。

薄っぺらい扉は軽いのです。

開ければ。

大変に臭《くさ》いことでしょう。

案の定、眼がしょぼしょぼする程に臭かったのです。

先《ま》ず見えるのは、小さな窓です。換気のために設けられているのでしょうが、役に立ってはいないのです。磨り硝子の嵌まった小窓なのですが、いつも一糎《センチ》くらいしか開いていません。開け閉めされることはないのです。そんな隙間からじゃ、何も出入り出来ません。それに開けたってそこには裏の板塀が聳《そび》えていることでしょう。

大便所の壁はいっそうに汚いです。

もう、すっかり黄ばんでしまって、染みもより濃いし、汚れもより強いのです。

板間の真ん中に大便器があります。小便器と同じ模様のついた陶器です。こちらも相当に古いもののようです。

木で出来た蓋《ふた》があるのですけれど、蓋がされることはありません。蓋は、塵紙《ちりがみ》を入れてある函《はこ》や蛆殺《うじごろ》しの毒が入った茶色の壜《びん》の横に立て掛けてあります。

丁度、玄関に架かった板と同じような板です。

裸足で踏めば、ぼこぼこするでしょう。

僕は便器に目を投じます。

この大便所では、上を観ることはありません。

きっと、小便所なんかよりもっと気持ちの悪い虫や何かが居るに決まっているからです。だから、殆《ほとん》ど下を向いています。

だからこそ、余計に臭《くさ》いのです。涙が出る程臭いや。

あの便器の下の穴には、汚物が堆積しているのです。そして腐敗したり揮発したりを繰り返して、混ざり合って溶け合って、それは不快な臭《にお》いをもやもやと発しているのです。

電気の明りなんかより、遥かに強く世界に浸透するでしょう。

臭《くさ》いなあ。

暗いなあ。

汚いなあ。

でも、もう僕はこのまま戻ることは出来ません。

意志の力ではどうすることも出来ない、不随意筋や自律神経や、そうした肉体の色色が、この臭気に反応してしまっているからです。

僕は扉を開けたまま踏み込んで、それからゆっくり扉を閉めました。木の閂《かんぬき》を横に引いて、それからちゃちな鍵を引っ掛けます。そして。便器に跨《また》がります。

足許から汚物の粒子が舞い上がって来るようです。

底なしみたいだ。

この便所。

いつもそう思います。

そう思ってから、ズボンと下着を下ろして、しゃがむのです。

底なしの奈落《ならく》の穴に、僕は無防備に尻を曝《さら》しています。

こんな心細いことがあるでしょうか。こんな恥ずかしいことがあるでしょうか。こんな恐ろしいことがあるでしょうか。

穴の中のことを思うと、僕は全身が怖気立《おぞけだ》つような、そんな気持ちになります。

罪業だとか悪念だとか、どろどろとした因縁だとか煩悩《ぼんのう》だとか、そういうものも屁や糞と一緒にひりだしているのではないですか。

人間は。

ああ恐い。

鼻孔に臭気が吸い込まれます。

僕は、便所の蓋や塵紙や茶色の壜を見ていてもそんなことを考えてしまうし、ロールシャッハテストのような染みが描かれた汚らしい壁を見ていても同じようなことを考えてしまうので、この便所の中で唯一質の違ったものである、洗剤の緑色のボトルを見るようにします。

この洗剤が、また凄い刺激臭なのです。キャップを開けると、鼻の奥が刺されるみたいです。

きっと、罪業や悪念や因縁や煩悩に打ち勝つための強い劇薬なのでしょう。

こんなの飲んだら死んじゃうな。

踠《もが》いて血を吐いて死ぬであろうな。

死んだら捨てられてしまうのでしょう。

此処に捨てるのかな。

父さんは、きっと殺した蛇をこの便所に捨てたのじゃないだろうか。頭を潰して皮を半分剥いでも、あの蛇はぐねぐねぐねぐね動いていたから。でも、この穴に落とせばもう駄目だろう。何と言ったってこんなに臭《くさ》いのだし。汚いし。暝《くら》いし。蛆殺しの毒も混ざっている。

捨てたな。

死んでしまった弟や。

いなくなった母さんも。

この中にいるのかしら。

覗いてみようかな。

覗いてみたらどうなるでしょう。ああ、覗きたい。

腐った母さんや骨になった弟の顔が臭い汚いどろどろの屎尿の海に浮かんでいたならどうしよう。ああどうしよう。もうそんなの恐くて生きていられない。死んでいるならいいけれど、生きていたならどうだろう。もう、そんな恐ろしい考えが尻から侵入して来て僕の身体や頭脳をすっかり占領してしまいます。

ああ、ずっと外に居れば良かった。

こんなに臭くて恐いなら、星を視てちっぽけな淋《や》しさに震えていた方がマシだったのではないですか。どうでしょう父さん。哭《な》くのを止めてください婆ちゃん。

ああ、自分が汚物のようだ。

僕は、もうこのままでは便所の穴を覗いてしまうのではないかと思います。本当に覗いてしまいそうになったので、その誘惑に勝てそうもないので、そんな恐ろしいものは観たくないので。

僕は顔を上に向けてしまいました。

天井には。

汚らしい褻《けが》らわしい真っ暗な如何《いかが》わしい臭《くさ》い臭い汚れた蜘蛛の巣の張った虫や何かが這い回っている腐ったような裸電球が悶悶《もんもん》と歪《ゆが》んだ黄色い光で点っている絶対に見ちゃいけない天井には、立派な服を着た小柄な爺が天と地を反対向きにして座っていて。

おっかないおっかない。

おっかない顔をして。

「業《ごう》の深いことだな」

と、穢《きたな》い声で言いました。

見なければ良かったと思いました。

歪み観音

曲がってるよね、と言った。

答えはハアという疑問符付きの溜め息のような声だった。

「曲がってない？」

「だから何がさ」

孝也《たかや》くんは、こういう時に困った小娘だなあというような顔をして私の額《ひたい》の辺りを観《み》る。

彼にしてみれば額ではなく、私の顔を観ているつもりなのだろうと思うけれど、私は彼をあまりまともに見上げないので、きっと額の辺りを観られているように感じてしまうのだと思う。身長差があるからだ。

困った小娘だなあというような顔——というのも、だから私の想像に過ぎないのだけれど。

あの電柱、と言って私は指を差す。

雑居ビルの横の電柱だ。丁度、英会話教室の看板の真横のところだ。

くにゃっと湾曲している。蛇行しているというのだろうか。でも、曲がっているところは一箇所だから、蛇行とはいわないのか。

どうやったらあんなふうに曲がるのだろう。

曲がってないよと孝也くんは言った。

「真っ直ぐだろ。傾いてないよ。だって」

看板と平行だろ。

「あの電柱が曲がってるなら看板が、いやビル自体が傾いてることになるし。錯覚じゃん？　でもそんな垂直が狂って視《み》える原因になるようなものはないけどなあ。電線の弛《たる》み具合かな」

「違うよ。看板とは平行なんだよ。傾いてないの。一箇所ほら、くにゃっと」

「くにゃ？」

「だから、ええと」

上手い喩《たと》えが出て来ない。

「ほら、アメリカの昔のアニメとかで、鉄の棒とかに激突すると頭のカタチに棒が凹むじゃん。ああいう感じだってば」

「ハア？」

またあの顔で私の額を観てる。

一度電柱を観て、それから二度観してる。

「だから、アナログ地上波のさ、テレビ画面なんかがこう、横にピ、ってブレることがあったじゃん。あんな感じだってば」

「いや、お前の言わんとすることは解るんだけどさ——」

どこが、と孝也くんは電柱を見上げた。

「どこって」

「いや、真っ直ぐにしか見えない。角度の問題かな」

「角度？」

「いや、もしもそういう曲がり方してたとしても、観る方向に依っては真っ直ぐに見えるだろ」

背の高い彼は、先《ま》ず少し屈《かが》んで、それから顔を横にしたり上体を捻《ひね》ったりした。

「見えないけどな」

「どうせ私はチビですけど」

「いや、だってインチキマジックとかであるじゃんか。曲がった棒をさ、こう客に真っ直ぐに見えるようにしといて、指先でくるっと回してさ、ハイ曲がりましたーとかいうやつが。あれ、横から観てるとバカみたいだよな。だから——角度というより位置なのかな？」

孝也くんはそう言いながら私の真ん前に移動し、それから少し回り込むようにして道の端まで移動した。

やっぱり見えないなあと言う。

「まだ曲がってる？」

「まだって——」

曲がってるじゃん。どっから観ても。

「錯視じゃないの？　というか、屈折か？」

「屈折って——まあ」

そんな感じの曲がり方ではある。途中までは真っ直ぐで、くにゃっと曲がって、また真っ直ぐに戻る。でもレンズがある訳じゃあるまいし、どうなったら屈折なんかするというのだろう。

「ほら、空気の温度差とか。そういうので光が屈折することはあるみたいじゃない」

「でも、そうじゃないよ」

違うと思う。

そうなら、背景も屈折して見えていなければならない。英会話教室の看板はあくまで真っ直ぐだ。

そもそも——。

私は歩を進めた。

「だって、どっから観たって」

あれ？

る。

変だ。

どこから観ても——。

曲がって見えるのか？

私は更に進む。小走りに進んで見上げる。もっと進んで、電柱の下まで来て顔を上げる。

曲がってる。

やっぱり曲がってる。

でもおかしい。電柱の一部分が属している空間だけが歪《ゆが》んでいるみたいだ。電柱自体が曲がっているのなら、インチキマジックの棒と同じで、観察する位置によってそれなりに変わって見えるはずなのだ。観察者の私が移動しているのだから、見え方も変わるべきである。それなのに。

どこから観たって同じように歪んでいる。

これはつまり、観察者である私の移動に伴って歪み方が変化していると捉えるよりない。電柱が私に合わせて変形する訳がない。そんなことはあり得ない。

ならばやはり錯視なのだろうか。どこから観てもこっちを視ているように見えてしまう、あの実は凹んだ顔の人形みたいに、何か視覚トリックがあるのだろうか。

そんなもの。

ある訳ないじゃん。あれ町の電柱じゃん。

どうしたの、と孝也くんは言った。

どうもしないよと答えた。

もう、これは明らかに変だ。何が変って、私が変だ。この見え方は物理の法則に反している。ＣＧか何かとしか思えない。でも、これって二次元動画じゃなくて、三次元の現実だ。

私は、二度三度眼を擦《こす》って、瞬《まばた》きも何回もした。

それでも何も変わらない。

電柱はくにゃりと曲がっていた。曲がったところから背後の看板が覗いている。

英会話の、英。

「じゃあね」

私は孝也くんを見ずにそう言った。

おいおい何だよと孝也くんが声を掛ける。

いや、きっと私は今、変だから。変なんだから、今日はもういいんだ。

それに門限八時だし。七時半に終わるはずの塾が問題全然解けなくて十分くらい押したし、だから、そんなにゆっくりできないよ。

空にはわりと大きめの、真ん丸になりかけの月が浮かんでいる。

空気は澄んでいる。

屈折なんかしない。

「じゃあね」

手を振った。一応振り向いたけれど、顔は見なかった。

電柱ももう見なかった。曲がってたって真っ直ぐだって、どっちにしたってておかしいのは私なんだと思ったからだ。速足《はやあし》で家に帰って、誰ともあまり口を利かずに、ご飯を食べてお風呂に入って宿題をして寝た。

で——別にまったく代わり映えのしない普段通りの朝が来て、普段と同じように起きた私は、普段と同じように振る舞い、普段と同じような会話を交わし、普段と同じように朝の支度をして、そして家を出た。

朝の空気はスカスカしていて、吸っても吸っても吸い切れないような感じだ。

今日も天気は良くて、見通しも良い。

遠くまで視える。

坂道を上って降りると住宅街が終わって、駅前の景色が始まる。

そして私は、それまで忘れていたあの電柱を思い出した。

もうすぐ駅前のロータリーが見えてくる。わりと大きめの交差点の角で信号待ちをしながら、私は首を曲げて、あの雑居ビルの横の電柱をちらりと盗み見た。

やっぱり。

曲がっていた。

見なかったことにしよう。

それ以外に変わったことなどないのだし。

学校に着くまで、私はそう思っていた。実際、バスの中でも変わったことなど何もなかった。見覚えのあるＯＬやサラリーマン、隣のクラスの生徒。見慣れた情景に嗅ぎ慣れた匂い。耳に馴染んだ音。窓の外を流れる街並みだって、何ひとつ変わっていない。変わっていないはずだった。

亜紀《あき》も真美《まなみ》もいつも通りだし、校庭も廊下も教室もいつもと同じだ。

ただ、孝也くんの視線だけが心配そうに私のほうに向けられていた。

当たり前だ。昨日の私は変だったのだ。でも、今日はもう大丈夫だ。だからそういう顔を作って、孝也くんに向けた。孝也くんも、少し笑った。これでもう平気だと、そう思っていた。

授業が始まるまでは。

机の上に教科書とノートを並べて、ペンケースからシャーペンを出して、そして私は混乱した。シャーペンが——。

曲がっていた。

あの電柱と同じように。途中から、くにゃりと。

こんなの使えないじゃん。

最初に抱いたのはそういうまともな感想で、次に私がしたのは当然ノックだった。

ちゃんと芯は出て来た。

で。

それから私はキャップをとって芯をノートの上に出した。

出て来た芯は真っ直ぐだった。

これっておかしくないか？

私は芯をもういちどシャーペンに入れた。 くにゃりと曲がったシャーペンに。

難なく入った。

だからこれはおかしいから。

こんな蛇行した筒に真っ直ぐな芯が素直に入るわけがない。これだけ曲がっているのだからそこで止まるのが道理だ。芯は柔らかいものではない。硬い。

硬いけれども、僅かな力で直ぐに折れる程に脆《もろ》いものだ。

いや、これだけ曲がっていたなら紐だって糸だって、こんなにすっと入りはしないだろう。

つまり。

曲がっていないのだ。

シャープペンシルは、曲がって見えているだけなのだ。私の目に。

私は、教科書の上にシャーペンを置いた。

落ち着かなくてはいけないだろう。

落ち着かなくては。

視線を落とす。

教科書の上のシャーペンはどのように見えるのか。

曲がった部分の下の文字は――。

ちゃんと見えていた。読める。

横にして、構文の上に載せてみる。本来ペンは真っ直ぐなのだから、一行まるまる隠れるはずだ。でも、曲がった部分の下の文字は、ちゃんと見えている。読めるから。私には読めているから。

物理的に曲がっているのだ。錯覚や屈折ならこんなにはならない。

ならないはずだ。

光が屈折しているのなら、教科書だって同じように歪んで見えなければおかしい。

錯覚だとしたって、隠れているところが読めるのは変だ。

そう、変だ。

やっぱり私が変なのだ。そうでなければ、このペンが――。

私は指先でペンを回し、転がしてみた。

本当に曲がっているのなら、ペンはころころ転がらないだろう。

誰が考えたってそうだ。無理に転がしたらタイヤが四角の自転車のように、かくかくするはずだ。

はずなのに。

ペンは普通に転がった。歪んだまま。

私の観ている位置からの歪み具合は変わらないのに。ペンは指先の動きに合わせて回転している。こんな奇妙なことってあるだろうか。おかしい。狂ってる。

私はペンを持って、隣の内藤《ないとう》くんに、

「曲がってる?」

と、小声で尋《き》いた。

「あ?」

内藤くんは眉間に皺《しわ》を立てて、意味が解らないという顔をした。解らないだろう。私だって上手に説明できないんだし。ただ、ひとつだけ解ったことがある。

曲がって見えているのは私だけなのだ。

つまり、私が――。

私が狂っているのだ。

それからはもう、授業なんか一切頭に入らなかった。

いつまで経ってもペンは曲がったままで、ちょっと間を置けば直るかもしれないよねなどという楽観的な気持ちにもなり、一度ペンケースの中に戻してみたりもしたのだけれど、出せば出したでやっぱり曲がっていた。曲がった部分を触ってみたりもしたのだけれど、それはやっぱり曲がった感触だったわけで、そんな曲がったシャーペンで字を書くのは、結構難儀だったりもした。

というか書けないよ。

私の字はひょろひょろと歪んだ変な字になった。

錯乱しそうになるのを抑えるのが精一杯で、私は一日ほとんど誰とも口を利かなかった。保健室にでも行けばとみんな心配してくれたけれど、何て説明すればいいのか解らなくて、やめた。

昼休みに孝也くんが気にして来てくれたけれど、やっぱり何も言えなかった。

電柱が真っ直ぐに見えていた孝也くんには、やっぱりシャーペンも真っ直ぐに見えるのだろうし。言葉では説明しにくいし、説明できたところでおかしいと言われるだけだろうと思うし。

「いいよ。ありがとう。ちょっと具合が悪いだけ」

それだけ言った。

もの凄くどんよりしてしまって、私は部活を休んで急いで家に帰った。

お母さんが困ったような驚いたような顔をして出迎えてくれた。私はやはり説明を最初から放棄していたので、同じようにちょっと具合が悪いだけ、と言った。

部屋に入って着替えて、二十分くらい机に向かって放心して、それからベッドに潜って寝た。

他に何もやることを考えつかなかったのだ。

眠りそうだ。

ご飯よ食べるというお母さんの声で目が覚めた。案の定眠ってしまっていたのだ。

寝起きの私は、まあご多分に漏れず寝惚けていて、何やかやをすっかり忘れてしまっており、序《つい》でに今が何時なのかも判らなくなっていて、はあいなどと間延びした返事をして部屋を出た。

調子が悪いという設定はどこかに飛んでしまっていた。

「あんた大丈夫なの？」

お母さんが訝《いぶか》しげに私を観る。

「何だ具合でも悪いのか」

お父さんはいつものように目を伏せたままそんなことを言う。

「仮病じゃねーの？　仮病」

弟はいつも憎らしい。

家の中もいつもの通りだ。でも。

仮病なんだけど、仮病じゃないかもしれないのだ。

というか、全部夢だったとか、そういうオチはないのだろうか。夢だったんだと決めつけてしまっても別に問題ない。曲がっていたのは電柱とシャーペンで、今ここには電柱もシャーペンもない。食卓を囲む家族の図には、昨日までと何ひとつ変わりのない日常がのったり横たわっているだけだ。

「大丈夫だと思う」

それだけ言って、私は食事を始めた。

体の調子が悪いわけではなかったから、お腹は空《す》いていたのだ。

フライとか炒め物とか。サラダとか。

美味しいよ、お母さん。でもさ。

何だろう。ちょっと食べにくい。私はさっきから摑み損ねたり溢《こぼ》したりばかりしている。手が痺《しび》れてるとか指先が震えてるとか、そんな感じなんですけど。本当に具合が悪いのかな。

違うよ、違う。

箸《はし》が変なんだ。

きっとそうだ。確かめてみると、一本の先のほうがマンガの海賊の鉤爪《かぎづめ》みたいになっていた。これは摑みにくいから。お母さん、と言おうとして私は固まってしまった。

そうじゃないんだ。

箸も——曲がってしまったんじゃないのか。

もう一度観た。

先端五ミリがくにゃりと曲がっている。箸は木でできているのだろうから、こんなふうには曲がらないだろう。折れるというなら判るけれど、くるりと半円を描いている。

こんな形になるものか。

これは、電柱と同じなんだ。じゃあ——。

「これ、折れてないよね」

弟に箸を見せて私はそう言った。

敢《あ》えて折れていないかという尋き方をした。

弟は小馬鹿にしたような目で私を観て、別にと言った。

「なあに？　お箸反《そ》っちゃってる？」

お母さんがそう言った。反ってるというか――。

「ほら、食洗器で洗って乾燥させると、熱で反っちゃうことがあるのよ。それ、もう古い箸だし。違うのを使いなさい」

「いいの」

ちょっと変な感じがしただけ、と言った。

他の箸に取り替えて、そっちも曲がってたりしたらどうするというのだ。それも、先のほうじゃなくて手に持つ辺りが曲がってたりしたなら大変だ。そんな妙な箸は使えない。持てない。今のままなら多少食べにくくはあるけれど、まだ使える。

電柱を観る限り、昨夜と今朝で曲がっている部位の異同はなかった。曲がる場所が変わらないなら、このままのほうが良い。

私は、多少行儀が悪いかなとも思ったのだけれど、お皿に口をつけたり、真っ直ぐなほうの箸で突き刺したりして雑に食事を済ませ、ごちそうさまと言うや否や部屋に戻った。そして鞄からペンケースを出して、中のシャープペンシルを確認した。

やっぱり曲がっていた。

一度曲がると元には戻らないようだった。

いや、曲がって見えているだけなのか。

違う。曲がっているんだ実際に。

私にとって——だけは。

お風呂に入ろう。

そう思った。

水は良い。そんな気がした。形が定まっていない。だから歪んだり曲がったりしようがない。

何よりも、体の穢《けが》れみたいなものを洗い落としてしまえば、何かが変わるのじゃないかという気もした。

取り憑かれたり祟《たた》られたりしたわけでもあるまいに、お清めしてどうなるものでもないのだろうが。汗をかいて汚れを落とせば、体調も——頭の調子のほうも——良くなるのじゃないかと考えるのは、強《あなが》ち間違ってもいないだろう。

どうでもいいからサッパリしたかったんだけれど。

何ごとも気の持ちようというのもあるのだし。

湯船に浸かって、私は絶望した。

柔らかい湯気がもうもう上がって、波立った水面が凪《な》いで、そして私は絶望した。

水面が凹んでいた。そして、盛り上がっていた。

目の前のお湯が、まるで透明のボールを押しつけたように丸く凹んでいる。その向こう側に、その凹みに押し出されたように丸いお湯の山ができている。

液体まで——歪《ひず》んでいるのだ。

お湯だけじゃなかった。

混合栓の蛇口が、まるでドリルみたいに捩《ねじ》れていた。

ドリルというか、バネというか、とにかくグルグルの螺旋《らせん》状に捩れている。

試しに栓を開けてみると、お湯が竜巻みたいに回転しながら出て来た。これじゃあアニメだ。どう考えてもこの出方だと浴室中に振り撒かれるはずなのに、どういうわけか水流は途中で大きく曲がって、そのまま蛇口の下に落ちる。

そこだけが歪《ゆが》んでいるのである。

飛沫もない。私の目にだけ、こんな奇術のようなものが見えているのである。

いや。

見えているだけではないのだ。そこが問題なのだ。私は物理的にこの水流の影響を受けている。

だって、その渦巻きのように回転するお湯に、私は触《さわ》れている。

これが真っ直ぐ真下に落ちているごく普通の水流であるのなら、こんな角度でこんな離れたところに手を翳《かざ》したって、私はお湯に触れることはできないはずだ。

でも、私の指先はちゃんとお湯に接触している。私の手はお湯で濡れている。お湯の温度を感じている。水の感触がちゃんとある。

でも。

電柱にしろシャープペンシルにしろ箸にしろ、私以外の人間には普通の形に見えているらしい。ならばこのお湯のイリュージョンだって、ただ蛇口から下に迸《ほとばし》るお湯の筋にしか見えないのだろう。

すると、私のこの手はどうなるのだ。

お湯から三十センチは離れているはずだ。

それなのに私の手はお湯を受けている。

もしかすると――。

歪んでいるのは私なのじゃないか？

私の手の先がにゅうっと伸びているように――他の人には見えているのじゃないだろうか。

世界は揺るぎなく、私のほうがぐにゃぐにゃなのか。

もう、何だか浴室全体が渦巻きに呑み込まれたようなサイケな幻影に呵《さいな》まれて、私は大して温まっていないというのに浴室を出た。そしてあまり周囲を見ないようにして部屋に戻って、布団を被って寝た。

寝るしかないでしょう。

とにかく眠って、目覚めたら何もかもちゃらになる、全部元通りになる、これは悪質な夢オチなんだ——と、頭の中で呪文のように言い聞かせた。嘘だ嘘だあり得ない狂ってる間違ってるだから。

目覚めれば終わる。

体が蕩《とろ》けてスライムみたいにぐにゃぐにゃになる夢を見た。オーブントースターの中の蕩《とろ》けるチーズみたいにねろねろになって、そうなると動けないこともないけど動きにくくて、そんな末期的状況になっているというのに、もう、ちょっと止《や》めてよというわりに軽い様子の感想を抱くあたり、流石《さすが》に夢だよななどと思ったりした。

そして夢から覚めると——。

事態は更に悪化していた。

世界は私を見放した。

ドアが波打っていた。

階段が騙し絵みたいになっていた。

体を捩ってドアを抜け、足を踏み外さないように慎重に降りて、キッチンで私は声を上げてしまった。

「おはよう」

そう言ったお母さんの顔が。

いや、お母さんだと思うんだけれども。

知らない人だ。だってこんなの人間の顔じゃない。

顔が真ん丸だ。魚眼レンズを通して見たみたいに広がっている。

眼なんかもう、顔の両側に向いてしまっていて、本気で魚みたいだ。

鼻も潰れて、鼻の穴が横に延びて、貯金箱の入り口みたいになっている。

顎《あご》はなくなっていて、口がマペットみたいにパクパク開閉している。

大体、ほんとうのお母さんの顔の、凡《およ》そ一・五倍はあると思う。

気持ち悪い。本気で吐きそうだった。化け物だよ。

悲鳴くらい上げると思う。誰でも。

こんなものと暮らすの？

「どうしたの」

声も、幾分よれて聞こえる気がする。

あんな不恰好な口から発せられるんだから。

変な声にもなるだろう。声まで歪んでいるんだ。

何よ何なのよと化け物が喋っている。気持ち悪いよ。

私は顔を背けた。柱が曲がっている。曲がっているどころではない。もうスパイラルになっている。

「もうやだ」

私は堪え切れなくなって廊下に出た。

廊下には弟がいた。
弟の顔は——普通だった。
普通だったが、胸の辺りがぐにゃりと曲がっていて。
そこから廊下の向こうが見えていた。腕も一緒に歪んでいた。
やっぱり気持ち悪い。吐き気がする。こんなの人間じゃないし。
いや、それ以前に、昨夜の私の想像が当たっているのならば。
歪んでいるのは——私のほうなのかもしれないのだ。
姉ちゃん何だよどうしたんだよ、という弟の声。
もう、見たくないよ。歪んだ家族なんか。
お父さんは——どう見えるのだろうか。
考えるのも嫌になって、私は部屋に戻った。
戻るのだってひと苦労だし。平行とか垂直とかないのか。
漸《ようよ》う戻ったはいいけれど、部屋はもう使えない状態になっていた。
机はトタン板みたいにデコボコになっていて、クロゼットは三日月型に歪んでいた。
窓だって、揺れる水面に映ったお月様みたいに、ゆらゆらだから。
着替えなくちゃと思ったけれど、開くのか。クロゼット。
恐る恐る開けてみると、開くことは開いた。
開いたけど、どうやって出すんだ。

服も歪んでるんじゃないか。
私は部屋を見回した。
パジャマじゃ外に行けないし。
取り敢えず無事だった、制服を着た。
それから顔も洗わず、私は部屋を出た。
酔いそうだったのだ。というか酔っていた。
何よ朝ご飯はというピッチがずれたような声がした。
声だけでも気持ち悪いよお母さん。そんな声は聞きたくないよ。
遊園地のミラーハウスの波打った鏡みたいになっているドアを開けて。
私は町に出た。
で、町は――。
というより世界全部は。
案の定、私を拒んでいた。
もう、ダリの絵みたいな町だ。
道路も、電柱も、どろどろに見える。
別に柔らかくはないのだけれど、そう見える。
見えるだけではない。私には。
歩くのさえ困難だった。

あっちに蹌踉《よろ》け。
こっちに傾き。
偶《たま》に転び。
まるで。
アスレチックみたい。
地震の中を歩くかのように。
よたよたと私は駅のほうに進んだ。
道行く人は誰もみな、化け物ばかりだった。
抓んだ大福餅みたいな形の親爺。
三日月みたいになった顔。
蟷螂《かまきり》みたいな逆三角。
蛇腹《じゃばら》に畳《たた》まれた人。
捩《ねじ》れた学生。
直角に折れた女。
二メートル以上に延びた人。
アンモナイトみたいなぐるぐる巻き。
家も店もビルも道路も空も、ぐにゃぐにゃだ。
「西村《にしむら》」

呼ばれた。

振り向くと、孝也くんの体があった。

体しか見ない。身長差があるから。いつも顔は見上げない。見上げないんだけど。どうせ困った小娘だなあというような顔をして――。

孝也くんの体の上には、変なものが乗っかっていた。

顔なのだきっと。その顔の中心に、全部のパーツが引き寄せられていた。もう、眼だか口だか判らない。その気色悪い歪んだパーツがじくじくと動いた。

「今日はやけに早いじゃん。俺は朝練《あされん》なんだけどさ」

何だよこの声。というかこの人誰。相当気味悪いんですけど。

私はもぞもぞ動く口らしきものを見て、遂《つい》に限界を迎えた。空っぽの胃袋から胃液が逆流してくる。

口を押さえた。こんなのあるか。

「おい西村」

私は口を押さえたまま、駆け出した。

もう世界中が曲がってしまった。真っ直ぐなものは何ひとつない。上も下も横も前も後ろも渦を巻いていて何処《どこ》もかしこも私を拒絶している。私のほうが歪んでいるというのなら、もう私は原形を留めない程にぐちゃぐちゃの形になっているに違いない。高層ビルから飛び降りた人みたいになっているのに違いない。

アラベスクみたいになった電線。

蠢《うごめ》くペイズリー柄みたいな風景。

もう、色も形も混ざり合って、行っても行ってもクラクラするだけだ。薬物中毒患者の視る風景はこんななのだろうか。サイケデリックでシュールレアリスムでキュビズムでダダイズムで、要するに目茶苦茶だ。運動とか理論とか思想とか、そういうものまでぐにゃぐにゃだ。支離滅裂の五里霧中の混ぜるな危険だ。

それなのに、どういうわけか自分の姿だけは普通に見えている。これなら一緒に景色に混ざってしまったほうがどれだけ楽か知れない。

何なんだこれは。

歩道らしきところを必死で駆けて、駅前らしきところを抜けた。

緑色っぽいぐにゃぐにゃは樹木だろう。それならあそこは公園だろうか。

有刺鉄線みたいに見えるのは入り口のゲートだろうか。現代美術のオブジェのような物体はきっと滑《すべ》り台だろう。あの鯨《くじら》の肋骨《ろっこつ》のようなものは——ブランコなのだろうか。

そのブランコが、実に奇妙な運動を繰り返している。動き方はまるでぎくしゃくしていて出鱈目《でたらめ》なのだけれど、一定の間隔で同じ律動を繰り返している。誰かがブランコに乗っているのだろう。

子供かな、と思った。

どうせぐにゃぐにゃの溶けた飴細工《あめざいく》のようなものが乗っているんだろう。

そう思って、目を逸《そ》らそうとしたのだけれど、私の視線は逆にその不可思議な律動の先に釘付けになってしまった。

ちゃんとした形をしている。

人の形だ。

人の顔だ。

体格からみて五六歳の幼児だろう。

私は、見た目泥濘《ぬかる》んだ荒れ地のようにしか思えない、アップダウンの激しい公園の敷地に踏み込み、ブランコに駆け寄った。

変な子供だ。

いや、変だけど、歪んではいなかった。

何が変だって、着ているものが変だ。ベールのようなものを被り、ガウンのようなものを羽織っている。しかも。

顔は大人だ。体格は子供なのに、顔だけは大人の、しかもやや大きめの中年の男の顔だった。でも体付きは華奢で、剝き出しになった肌は白く、肌理《きめ》も細かく、まるで女児のようだった。

律動に合わせてひらひらとガウンが棚引《たなび》いている。

ああ。

これは観音様だなあ。

そう思った途端、その変わった小さな人はぴょんと跳んで、私の前に着地した。

歪んではいないけれど、これはこれで気味の悪い人だなあ。

賢そうにも見えないし。

「汝《なんじ》は歪みおらぬのか」

女の声だった。

その小さな人は私の顔を見上げた。

見下げられるばかりだった私はたじろいだ。

「あやあや、哀れな娘であることよ」

観音様はそう言った。

「私はどうしてしまったのですか」

「どうもせぬよ」

「じゃあ世界がどうかなったのですか」

「どうもせぬよ」

「そんなわけないじゃない。あなた、何か知っているのでしょう」

観音様は眼を細めた。ほんとうに仏像に似ている。

「親が歪み家人が歪み想い人が歪み、世が歪み。それは普《あまね》く己の心の歪み也。それもこれも、親に疎まれ家人に厭われ、想い人には嫌われておるというのに、その現《うつつ》を見ずに嘘を観て生きておる故。汝は嘘を観て暮らしておったのじゃ」

「は？」

何を言っているのだろうこの人は。

「汝は親の顔も家人の顔も想い人の顔もまともに見たことはなかろう。ほんとうは誰の顔も知らぬのであろうなあ。汝は独りだ。ずっと独りだ。何も見ず、何も知らずに生きているだけだ。汝は、世の中を世界を現実を、一度も見たことがないのであろうなあ。だから世がどんなものなのか知らぬのだ。これが現実也」

「ハア？」

「汝が最前まで信じおった世界こそ、虚構也」

「あんた、馬鹿じゃないの？」

私がそう言うと、小さな観音様は不機嫌そうな顔をした。

「何と申したか」

「馬鹿って言いました」

「如何《いか》に。何故莫迦《ばか》なるか」

「だってそんなわけないいじゃない」

まるで間違ってる。

そんな、ありきたりの理由で世界がこんなになるか。

私は思いっきり軽蔑するような視線を作って、観音様を見下した。こんな馬鹿に構っていられない。

「そんなスイーツばっかり食べてる社会心理学者みたいな小理屈捏《こ》ねて何でもかんでも解決しようなんて、あんた三流だわよ。ワイドショーとかのコメンテーターか実際。ひと昔前のSFだってもう少しマシな理由を考えるわよ。何？　私が本当は引き籠もりか何かで、今までの人生全部妄想だったとか、そういう話？　バッカらしい。頭悪いからそういうのって」

「こ、この罰当《ばち》たりめ」

「うるさいなあ」

私は、思い切り強く観音様を蹴った。

もう、むしゃくしゃしていたのだ。

観音様は痛い痛いと泣きながら、くるくる回転して、そのまま何処かへ行ってしまった。

うぜえよ。

言われた通り罰が当たって、私の身体はぐにゃぐにゃになった。

腕はくるくる円弧を描き、足は波線状にひね曲がり、顔は団扇のようになって、そのうえ熱した蠟細工みたいに蕩けた。もっと歪めもっと歪め。みんなと同じにぐにゃぐにゃに曲がれ。

ああ、よく歪んだ。

これで普通に。

暮らせるだろうか。

見世《みせ》物婆《ものばば》

敬太《けいた》の気は漫《そぞ》ろだった。

風に乗って微《かす》かに届く、すうすうとした山や川の音も、太鼓や笛や鉦《かね》の音に聞こえるような気がした。

もちろん、ただの風の音なのだ。まだお囃子が始まるには早い。

外はまだ微暗《うすぐら》い。

それでも敬太は気になって気になってしようがない。六年に一度のお祭である。

こんなにわくわくすることはない。

お祭が終われば、村は雪に閉ざされる。

雪は、降り始めはちらちらしていて綺麗に見えるが、積もり出すともう厭だ。べちゃべちゃする。土と混じって、汚らしい。それを通り越すと、もうそこいら中真っ白になる。やがて雪は敬太の背丈を越えて重なり溜まり積み上がり、白い壁になる。家も道も森も山も何もかも覆い尽くされて、景色がまるで変わってしまう。

戸が開かなくなったりする。

そんな時はもう二度と外に出られなくなるような気になって、そんなことは実際にはないのだけれど、そんな気がしてきて、不安になる。

雪は、真っ白だけれど、暝《くら》い。

昼間はお陽様を浴びてぴかぴかに光って見えるし、遠くから見れば綿のようにふわふわしているように感じられるのだけれども、それは気の所為《せい》だ。

雪は湿っていて、冷たくって、暝い。

冬の夜は、もう外に出られないいんじゃないかと思う時がある。

しくしくめそめそ、何だかとても悲しくなる。天井の上の屋根の上の厚い雪の上の夜の空は、信じられないくらいに真っ黒で、そして途轍《とてつ》もなく大きくて、重たい。押し潰されそうになる。ぎゅうぎゅう、家ごと軋《きし》んでいるから。

湿った蒲団を被って寝るしかない。

昼間はまだいい。冬の空は白く煤けていてちっとも爽やかではないけれど、空気は澄んでいて、それに偶《たま》に蒼《あお》く晴れる。そんな時は雪合戦をしたり、雪だるまを作ったりする。遊んでいる間は、何も気にならない。夢中だから。

でも、冬の昼間は短くて、青い空もすぐに灰色になって、あっという間に夕暮れ時になる。

その途端に、面白い遊び道具だった雪は、冷たいだけの、厭な、湿った、暝いものになる。

のさり、のさりと屋根の雪は乱暴に落ち、氷柱《つらら》は牙か爪のように見え始める。濡れた服は益々冷えて、指先も凍《い》てついて、お肚《なか》の中から心細くなる。だから、夕暮れになるとまるで逃げ帰るように家に入るのだ。

囲炉裏に当たって、人心地付いても、でも外には。

真っ白い雪が。

壁の外には雪が、湿って冷たくて暝い雪の壁が、幾重にも幾重にも取り囲んで、しんしんと家を冷やしている。締めつけるように。そしてまた夜になる。

もう出られないいんじゃないかと思う。

だから敬太は、冬が嫌いだ。嫌いだけれど、敬太の暮らす村では、一年のうちの半分は冬のようなものなのだ。

春は遅く、夏は短くて、秋は儚《はかな》い。冬は重たくて強くて長い。

春と夏と秋を合わせて、漸《ようや》く冬と同じくらいの力になるんだと、敬太は小さい頃からそう思っていた。実際には違うのだけれど、印象としては今だって同じように思っている。

冬は嫌いだ。

そもそも村には、あまり楽しいことがない。

遊ぶのは楽しいけれど、それはわざと楽しくしているのであって、楽しいことがある訳ではない。

山も川も森も野原も田圃も、綺麗だけれども、それはただあるだけだ。木や草は生えているだけだし、虫や動物も生きているだけだ。虫を獲ったり樹に登ったり走り回ったり、そうやって遊ぶのは慥《たし》かに楽しいのだけれど、それは楽しいことをしているというだけで、楽しいことがあるという訳ではないのだ。

楽しいことなんかないから、子供は楽しいことを作り出す。

作り出さなければ何もない。

自分から一所懸命楽しくしようとして、やっと楽しくなる。

大人達はただ働くだけだから。働くのが当たり前だから、働かなくては暮らして行けないから、子供に生きる糧は与えてくれるけれども楽しみまでは与えてくれない。

田仕事をして畑仕事をして、縄を綯《な》ったり牛の世話をしたり、ご飯を炊いたり掃除をしたりしているうちに一日は終わり、一月が過ぎ、一年は巡る。それが暮らしだ。

暮らして行くのは大変なことだ。

お父《とう》はあまり口を利かない。弟は小さくてまだ口が利けない。お母《かあ》は口を利く間がない。忙しいのだ。

みんな、しなければならないことをしているだけだ。

敬太は子供なので仕事がない。

でも家のことを手伝えば褒めて貰えるし、大人に交じって働くことも別に苦にはならない。敬太は、寧《むし》ろ大人の手伝いが好きだ。

けれども、それは楽しいとかいうものではない。夢中になれば面白いけれども、それは遊ぶのとは違う。

でも、辛い訳じゃない。

暮らすこと自体は、辛くも楽しくもないと、敬太は思う。

それで当たり前だからだ。

不安はあるけれど、不満はない。家の中に温かい火が焚かれていて、朝昼晩ご飯が食べられることはありがたいことだと思う。

家があって、蒲団があって、ご飯があって、それで十分だ。

お父もお母も小さい弟も好きだ。

本当に不満はない。

不満はないけれど、別に楽しいことがないのも事実だ。

そう。

楽しいことといえば、お婆《ばば》が囲炉裏端《いろりばた》で話してくれる咄《はなし》くらいしかない。敬太はお婆の咄が大好きだ。あれは、楽しいことだ。

お婆は、お化けやけものや間抜け者の咄をしてくれる。

お化けの咄は恐いし、けものの咄は面白いし、間抜け者はばかで可笑しい。

笑ったり震えたりどきどきしたり、それは楽しいことだろう。

嘘だか真《まこと》だか判らないけれど、面白いから構わないと思う。

山の神様や田の神様や座敷の神様がいるのかどうか知らない。山の男だの河童だの狼だの、見たことはないけれどどこかにいるんだろう。

山の男や河童や狼は、冬はどうしているんだろう。

あんな、湿って冷たくて暝《くら》い雪に覆われた山野にいて、どうやって生きているんだろう。

死なないのかな、と考える。

神様は死なないのだろう。

神棚や祠や、お姿を彫りつけた石像なんかに色色お供えをするけれど、それを食べている様子はない。烏《からす》がみんな突《つつ》いてしまう。後は腐って、乾いて、朽ちてしまう。

何も食べないで平気なのだから、神様は死なない。寒くたって平気だろう。

でも、けものは死ぬのじゃないだろうか。

死ぬだろう。

牛や馬だって死ぬ。厩《うまや》に繋いで、餌をやって大事に世話をして、それでも死ぬ。敬太は小さい頃に馬が死んだのを見たことがある。

なら、家もない、餌をくれる人もいない山野のけものなんかは、すぐに死ぬのじゃないだろうか。ちっぽけな生き物なんかがあの雪に敵う訳がない。あんなに真っ黒な冬の夜に晒《さら》されて、平気な訳がないと思う。

それでなくとも、みんないつかは死ぬのだし。

お婆も去年、死んだ。

村の人みんなでお葬式をした。

土に埋めて、お祈りをした。

お婆は、神様みたいに祀られた。能《よ》く覚えていないけれども、死んだ馬もそうなったのかもしれない。

死んでしまえば、もう雪も夜も冬も恐くないのかもしれない。そうした、生きていないものがのろのろと混ざって、神様になっているのかなと、お婆の葬式の時に敬太は思った。

お婆は目に見えない何かになってしまったけれど、お婆の咄は聞けなくなった。

楽しいことは本当になくなってしまった。

でも、仕方がないとも思う。

少し淋しいだけだ。

お父もお母もやがて死ぬんだぞと、お父は言った。

しっかり生きろと言われた。お父の声を聞くのは久しぶりだった。

敬太は十一歳だ。もうすぐ十二になる。

村外れの分校に通っているけれど、生徒は九人しかいない。

八人は下級生である。五年が二人、四年がいなくて三年が三人。二年が一人。一年坊主が二人。六年生は敬太一人だ。

厭な厭な冬が去って、来年の春になったら、敬太は町の中学校へ通わなければならない。かなり遠くなるから、朝も早くなる。温《ぬく》いうちは良いけれど、冬が来たらどうしようと、敬太は思う。

冬のことを考えると、心が挫《くじ》けそうになる。

瞑《くら》い冬の空がまだ重たいうちに。

家の外に出るのは厭だ。

そもそも、外になんか出られるのだろうか。

出たらすぐに、湿って冷たくて重たい空に潰されてしまうのじゃないだろうか。

決して中学校に行くのが厭だという訳ではないのだけれど、敬太はそれを思うと気が鬱《ふさ》ぐ。

冷たくて瞑い雪の層を踏み締めて、足跡を穴のように残して、独りきりでざくざくと雪の中を歩くなんて厭だ。歩けるかどうか不安だ。鼻の奥が痛くなるような冷えた空気を吸うのも厭だ。胸の中が冷えきって透明になってしまうような気がする。風が吹いていたりしたなら、鼻先や指先や爪先が氷のようになるに決まっている。

もし天気が悪くって、雪が降っていたりしたなら、そのまま埋もれてしまうに決まっている。

埋もれて、雪の塊になってしまうに違いない。だって独りきりだと、蒲団も天井も屋根も、ちっぽけな敬太のことを守ってはくれないのだから。

冬は、嫌いだ。

小学校最後の冬が、もうすぐそこまでやって来ている。山の紅葉は疾《と》うに葉を枯らしている。田圃の稲もすっかり刈られて、何だか見通しも良くなっている。すかすかと遠くまで風が流れて、そして冬がやって来るのだ。

でも。いいや、だから。

敬太は先のことを考えるのを止《や》めた。

この先、敬太が大人になって、そして齢《とし》をとって死ぬまで、毎年毎年冬はやって来るのだし、それはもう変えようのないことなのだから、考えたって仕方がないのだ。

それよりも。

今は、祭のことだ。

そう思う。村祭なのだろう。他の村では毎年夏祭をしたり秋祭をしたりするらしいけれど、敬太の村は六年に一度しかやらない。この前の祭の時、敬太はまだ一年生になる前だった。その前は知らない。生れた頃のことなのだから仕方がない。

それはそれは凄いものだった。

人が、普段の十倍も百倍もいた。隣村や、もっと遠くの村や、いや、町からも、沢山人が来るのだ。あんな大勢の人を見たのは後にも先にもその時だけだ。お婆の葬式だって、村中が総出だったけれども、ずっとずっと少なかった。もう、世界中の生きている人という人が全部集まったような気がしたものだ。

勿論、そんなことはないのだ。

六年生にもなってそんなことを言ったら余程のばかだと思われるだろう。村の周りには数え切れないくらいの町があって、その数え切れないくらいの町が集まって国になって、その国が数え切れないくらい世界にはあるのだ。この世界には、一度に見ることが出来ない程に、殆ど無数に近いくらいに、それはもう沢山の人が住んでいるのだ。

でも。

幼童《わらし》だった敬太には、まるで世界中の人が一堂に会したような賑わいに感じられたのだった。それは勘違いなのだろうけれど、そう感じたことは嘘ではないし、間違いでもないだろう。

普段。

辛くも楽しくもなさそうに、ただ平板に、ただ黙黙と働いて、ただ生きているだけの大人達が、大きな声を出して笑ったり騒いだりしていた。顔を赤くして、普段と違う色のついた服を着て、踊ったり、歌ったり、大きな声を出したりしていた。

吃驚《びっくり》した。

お父さえにこやかに、大きな声を出していた。

ご馳走も沢山あった。見たこともない飾り物がいっぱい飾られていた。注連縄《しめなわ》が張られて、松明《たいまつ》が燃されて、藁で作られた大きな人形が祀られて、何処も彼処も、まるで村が村でなくなったかのように様変わりしていた。活き活きしていた。

それだけで敬太は興奮した。

普段。

鳥の声や風の音や、働く大人達の出す仕事の音しか聞こえない村に、太鼓の音が響き、鉦の音が鳴り、笛の音が渡った。あんな音はそれまで聴いたことがなかった。

村には仏壇のりんか神社の鈴《すず》くらいしか鳴り物はない。

お婆やお母の唄は聴いたことがあったが、その時、男衆も声を張り上げて唄うんだということを敬太は知った。笛が鳴る太鼓が鳴る鉦が鳴る。凄い凄い凄い。

どきどきした。

わくわくした。

血が巡る気がした。

大勢の人が大きな声を出して笑って、唄って、踊って、凄い凄い凄い。

信じられないくらいきらびやかな衣裳を纏《まと》った人達が舞う。赤や緑や金や銀や、そんな普段は目にしない色がくるくるくるくると回った。神様みたいだった。

面をつけた人、顔を白く塗った人、何かを被った人。

みんな、神様みたいだ。

お神楽。

お囃子。

お神輿。

生きている生きている生きている。

どんどんどんどんどんどん、敬太の心臓はお囃子の拍子に合わせて高鳴った。

こんなに世界は晴れやかなのかと、その時敬太は思ったのだった。

祭は、凄い。楽しい。

楽しい楽しい。

敬太は虜《とりこ》になってしまった。

村は、祭が行われる数日間だけ村でなくなっていた。日日の暮らしは止まり、生きている人達も皆、神様とか死んだ人と同じ、何かふわふわしたものになる。決して死ぬ訳じゃないけれど、寧ろ活き活きしているのだけれど、その間だけは何か、違う場所にいる別のものだ。村でなくなった村で、人でなくなった人が、歌ったり踊ったり飲んだり食べたり笑ったり騒いだりする。

ずっとずっと、口を噤《つぐ》んで下を向いて働いて生きて暮らして、その数日だけ神様や死んだ人みたいになって生きていることを確認して、そしてまた、何かを溜め込むように黙って下を向いて働いて生きて暮らすんだ。

普段は何処にいるのか判らない神様も、きっと祭の間だけはあの大勢の中に雑《ま》じっているのだろう。交じって混じりあってひとつになっているのだろう。

なんて素晴らしい日なんだろう。

敬太は夢中になった。

自分で楽しもうと思わなくても楽しい。

楽しいことを作り出さなくても楽しい。

楽しいことが、やって来る。

そんなこともあるんだ。

その素晴らしいお祭が、他の村には毎年訪れる。

厭な冬が来る前に。

冬が影も形もない夏のうちに。

でも、敬太の村には六年に一度しかやって来ない。

敬太の村が他の村より貧しいからなのだろうか。それとも、何か悪いことでもした罰なのだろうか。

毎年毎年祭がやって来る他の村が敬太は少し羨ましくなった。

だから、敬太はお婆に尋《き》いてみたのだった。

どうして六年ごとなのか。

何でそんなに長く待たなければならないのか。

そうゆう決まりだがら。

お婆はそう言っただけだった。

ただ、六年に一度というだけあって、敬太の村の祭は他の村のそれよりもずっと立派なものなのだそうだ。

宵宮《よいみや》には縁日の夜店というものも出ていた。

がやがやとした人の、大人の隙間から、色色なものが見えた。

飴《あめ》や、菓子や、玩具《おもちゃ》や、お面や、飾り物や何かだ。村の店には売っていない、何だか素敵なものばかりだった。お正月の飾りが十倍にも百倍にもなったようなものだ。

それらがみんな、光っていた。

綺羅綺羅《きらきら》と光っていた。

電球がいっぱい点《つ》いていた。

家の中には四つか五つしか電気がない。点ければ明るくなるけれど、それでも夜の方が強い。電燈の光は夜には敵わない。特に冬の夜の黒さは強いから、そんな弱い明りはみな吸い込まれてしまう。家の壁があるから留まっていられるけれど、もしなかったら点けても点けても瞑いと思う。

でも、夜店には夜に逆らう力の強い電球がいっぱい下がっていた。

明るくって自分が滲《にじ》んでしまいそうだった。

何か、滑稽《こっけい》な仕草をする芸人もいた。

唄ったり踊ったり、奇妙な文言を語ったり、聞き慣れない声を出したり。曲芸やら手品やら、そういうものだったのだろうけれども、敬太は幼かったので何をしているのかは解らなかった。でも大人は皆、指を差して楽しそうに笑っていたし、どう見てもおっかないことをしているようには見えなかったから、多分一緒になって笑ったと思う。

紐《ひも》の上を独楽《こま》が回りながら渡って行くところだけを能《よ》く覚えている。それから、百面相みたいな人もいた。飴売りもお面売りも、達磨屋《だるまや》も、みんな他所《よそ》の人だ。何処からともなくやって来るのだ。変な唸《うな》り声を上げる咒師《まじないし》のような年寄りだけは、少し恐かった。

泣いているみたいだったから。

何もかも。

六年前のことだ。

結構な時が経ってしまったからか、それともその頃の敬太が幼過ぎた所為か、記憶は混じり合って曖昧になってしまっている。ところどころは明確だけれど、何だか夢のような想い出だ。実際に夢のようだと思ったのだから、それで正しいのだろうけれど、どうももやもやとしてしまって、夜店の電球やらお囃子の音やらきらびやかな衣裳やらが混じり合ってしまっている。

ただ、楽しかったことだけは間違いない。

そして夢でなかった証拠に。

また、祭は巡って来た。

夢じゃなくて真実だったんだ。

大人達はもう何日も前から準備をしている。村全体がそわそわしている。漫《そぞ》ろなのは敬太一人ではない。

お父でさえ落ち着きがない。普段しないことを色色している。

学校もそうだ。先生も祭の準備だと言っていた。授業もなかったりする。

勉強しなくていいのだから、みんな喜んで遊ぶのだけれど、敬太は下級生達と遊ぶ気にはならない。

だって。

祭が来るんだから。

そして、その日がやって来た。今日の夜は宵宮である。

わくわくする。どきどきする。とても夜まで待てない。

蒲団から抜け出して、敬太は窓の外を見た。

まだ人はいない。

だだっ広くてすかすかの、村の景色が徐徐にお陽様を浴びて色付いてくる。遠くの山の端っこの方が妙に明るい。そこだけ雲が切れているのかなと思っているうちに、その明るさが山中に広がって、外はみるみるうちに朝の景色に変わってしまった。

明るくなったぞ。明るくなった。

午前《ひるまえ》から準備を始めるんだとお母は言っていた。

今日も明日も明後日も学校は休みだから、敬太は準備から手伝うつもりだ。何をするのかは能《よ》く判らないけれど、子供でも出来ることはあるらしい。飾り物を取り付けたり掃除をしたり、何かを運んだりするのだろう。

いずれにしても見ておけと、お父は言った。

来年は中学だがらの。

そう言われた。何しろ六年に一度である。教える機会もない。次の祭が来る時、敬太はもう十八近くになっているのだ。十八になればもう子供ではない。準備をする立場になっているだろう。知っておくに越したことはない。

でも。

まだ準備は始まらない。

朝のご飯まで、まだ二時間はある。

お母はもう起きているんだろうか。起きているんだろうけれど、ご飯の支度をしているのだろう。幾ら何でもこんな早くからお祭の準備はしないと思う。早過ぎる。それなのに、目が冴《さ》えてしまった。いつもはご飯だよという声で起きるのに。それでも瞼は重いのに。躰《からだ》が中中動かないのに。

祭だもんな。

敬太は目を凝らす。

山並み。そして林。田圃。村。動くものはない。

烏《からす》か鳶《とんび》が飛んでいる。違う鳥かもしれない。

あの林の先が神社だ。

反対側は村の境界だ。

塞《さい》の神様がいる小川に架かった小橋の先は、もう村ではない。

その、村外れに繋がる林と田圃の境の道を。

何だろう。

何かが移動していた。馬ではない。人だ。何人もの人だ。十人はいるだろう。

大きな荷車が三台。それを押す人、牽《ひ》く人。幟旗《のぼりばた》に何本もの竹竿。筵《むしろ》。それに大きな木箱。

「噫《ああ》」

敬太は声を出した。小さな声だったけれど、能く響いた。

あれは、見世物小屋だ。そう、神社の裏の森に掛かっていた、見世物小屋だ。あの幟は六年前に見たのとおんなじだ。あの竹を組み上げて筵を張って、小屋掛けするんだ。

そうだそうだ。

見た。

夜店が続く神社の参道から、神社の裏に回って。

行ったら駄目だ。

駄目だて。銭こも要るど。

童《わらし》っこの観るようなもんでね。

そう。お婆が止めたんだ。

いや、お母も、それから粉屋のあんちゃんも、みんな止めた。

やめれやめれ。

泣《こえ》ぐだけだァ。

恐ぇど恐ぇど。

でも。

さァてさァて。

さァていらっしゃい。お早くお早く。

大人は拾圓《じゅうえん》子供は五圓。片目は半額盲《めしい》は無料《ただ》だ。孕み女《はらみ》は一倍半でござりまする。

さァみなさん、得とご覧《ろう》じろ。可哀想なはこの子でござい。

この子の生まれはここよりも北、蝦夷地《ほっかいどう》は十勝《とかち》の國《くに》。

石狩川《いしかりがわ》の上流で。

親の。

親の因果が子に報い。

ああ、ああ見たい。

風に乗って漏れ聞こえてくる濁声《だみごえ》の、調子だけがいい口上は、ところどころが聞き取れない。いったい何を見せているのか。見たい観たい見たい。

このばか。

酔っぱらったお父が敬太を叱った。

あんだらものはな、みな嘘だ。

人を騙して銭こを取る泥棒みでなもんだわ。

蛇女だの熊娘だの、そんだらもんはおらん。

おったとしでも、見世物にすんないかんわ。

良ぐねこったわ。

見たがるな。見たがっただけでバチが当たるど。

いいが敬太。あれはな。

神さんの前《めえ》で商売出来《でぎ》ねがら、ああやって裏の森に小屋ァ掛けるんだど。

疾《やま》しいんだわ。

悪《わり》いんだわ。

神さんの前に出られねんだ。

みな嘘だ。

普段はあまり口を利かないお父にきつく言われたから、敬太は黙った。黙ったけれど納得した訳じゃない。我慢しただけだ。見たいと思っただけでバチが当たると言われたのだけれど、それならもう遅いと思った。お父はあんなものを観るぐらいなら飴でも買えと銭をくれた。

そして。

敬太は飴屋から飴を買った。買って。

とよちゃん。

そうだ。秤屋《はかりや》のとよちゃんと二人で食べたのだ。甘いものなんか普段は口に出来ないから、それは美味しくて、ぺろぺろぺろぺろ二人で舐めた。美味《お》しいね甘いねと言いながら夢中で舐めた。すぐに舐め終わってしまって、それからとよちゃんと。

とよちゃんはどうした。

いったいどうしたんだろう。

秤屋のとよちゃんは、同級生だったんじゃないか。同じ齢だったんだ。一緒に入学するって言ってたから。

でも、もういない。

いいや、ずっといない。

敬太の学年は、この五年の間、ずっと敬太一人だ。

引っ越しでもしたのだったっけ。他の村に行ってしまったのだったか。学校で見かけたことはないから、入学する前に引っ越してしまったんだろうか。

いいや。秤屋のおじさんもおばさんも、いる。今もいる。

とよちゃんだけいない。いつの間にかいなくなってしまった。

どうしたのだっけなあ。

敬太は考える。思い出す。鳥居の横の、狛犬のところ。彼処に石がある。わいわいと大勢の人が行き来している。お囃子が聞こえている。石の上に腰掛けて、とよちゃんと並んで、飴を舐めて。

さァさァ寄ってらっしゃい。

あれ、何を見せているの。見たいねえ。

見たいねえ。

二人で、参道の裏を抜けて。夜店の後ろ側の草や木が沢山生えたおっかない道を。

走った。

そんな小さい頃に、しかも夜だというのに、そんなことをしたっけか。おっかなかったのじゃないか。いいや、へいちゃらだったんだ。あの日は。

お祭だったからな。

人と、人でないものが混じっていたから。平気な気がしたんだ。

親の因果が子に報い。

生まれ出でたは。

この子でござい。

ああ、見た。

見たぞ。

敬太は明瞭に思い出した。敬太は、とよちゃんと二人で木立を抜けて森に入り、神社の裏の筵《むしろ》掛《が》けの小屋に近付いて、その筵をそっと捲《めく》った。お金がもうなかったから入り口からは入れなかった。いや、お金があったって入れやしなかったのだけれど。五円も貰っていなかっただろう。

そして。

いいや、そこまでだ。

そこまでしか思い出せない。

慥《たし》かに、敬太は見世物小屋の後ろ側に行った。

とよちゃんも一緒だった。そして筵を。

その中に。

中に。

敬太は寝巻きを脱いで服を着て、台所に向った。

お母はやっぱりもう起きていて、竈《かまど》で火を熾《おこ》していた。

「お母。とよちゃんは」

お母は何だろうというような顔で振り返った。

「とよちゃんは、どしただか」

「とよちゃんて、秤屋さんの登与子《とよこ》ちゃんが。おめこそ、どした。寝惚けだが」

「寝惚けでね。何だか知らねけど、思い出したんだぁ」

「思い出したてか。あン」

お母は、眉毛をくにゃりと曲げて、悲しそうな顔をした。

「そンだなあ。あンれ、そんだ。こないだの祭ン時であったがなあ」

「祭て」

「おめ、覚えでねが。六年前《めぇ》の祭の夜に、登与子ちゃん神隠しに遭《お》うてしまっで」

「神隠して」

「神さんに隠されてしまっで」

いなぐなってしまったんだわとお母は言った。

とよちゃんはいなくなってしまったのか。いなくなったとしたら。

いや、でも。それはあの夜なんだ。あのお祭の夜のことなんだ。そうならば。でもそんなことはないだろう。敬太は次の日もお祭を楽しんだのだし。いや、もしかしたら大人は、大人達は。

「ちょっと行ぐ」

敬太はそう言って駆け出した。何処さ行ぐのすぐに帰りなさいよとお母が後ろで言っている。

あの見世物小屋だ。あの見世物小屋一座の人達に尋けば何か判るかもしれない。

敬太は下駄を突っ掛けて表に飛び出した。結構寒い。でも、まだ冬じゃないから平気だ。

ずんずん走る。森に入る前に追い付かなければいけない、そんな気がしたからだ。畦道を駆けて一直線に進む。家家の竈から煙が立っている。黒い、暮らしの筋が天に昇って行く。すっかり刈り取られた後の田圃を突っ切って、辻を越して、地蔵を越して、林の前の道に出る。

後は一本道だ。

駆けっこは分校一速い。一番年長なのだから当たり前だ。

やがて、神社裏に広がる森が見えて来た。

その森の入り口近くに、あの幟旗が見えた。

おうい、おうい、待ってけろ。

あの見世物小屋の一座だ。

あの。

あの筵の向こうに何があったのだっけ。あの夜、敬太はとよちゃんと一緒に何を観たのだったか。親の因果が子に報い、生まれ出でたは、生まれ出でたは。

何だ。

何がいたのだろう。

「待ってけろ」

一番後ろのおじさんが立ち止まった。

「何だ坊主。何か用かい」

「ろ、六年前にも来た人だべか」

「ああ、六年前にも来た。十二年前にも来たぞ。その前も、その前の前も、ずっと来ているぞ」

「そ、それじゃあ、あの」

とよちゃんを知らないか。

敬太はそう尋いた。ぜいぜいしながら尋いた。もの凄く走ったので、息がすっかり上がってしまった。

「それは誰だ」

「お、おらの、同級生だ。六年前にいなぐなった」

「俺達は人攫《さら》いじゃあねえよう」

おじさんは笑った。

「そういやあ、童《わらし》が天狗に攫《さら》われたとか、狼に喰われたとか、そんなような騒ぎがあったような気もすっけどなあ。でも、能《よ》くは覚えていねえなあ。何しろ六年も昔のことだし、色色廻るからなあ。ずっとずっと旅してるからなあ」

「そ」

その箱の中身は何だべ。

あの時、敬太は何を見たんだ。

「箱の中か。それは見せられねえよ。これはなあ坊主。俺達の飯の種だもの。いくら坊主の頼みでも、こればっかりは見せられやしねえのよ。俺達は、この箱の中身を見せて歩いて、もうずっと先《せん》から暮らしているのだからな。小屋が掛かったら、お銭《あし》を持っておいで。そうしたら見せてやるさ」

「そ、それは、六年前と同じもんなんだべか」

「そら同じだよぅ。六年前も、十二年前も、その前も、その前の前も、その前の前の前も、ずっとずっと同じだよ。俺達はずっとずっと、この箱持って、日本国中をぐるぐるぐるぐる廻っておるのだ」

「お、同じものを見せてお客が来るべか」

「来るさ。みんながみんな観る訳じゃあねえもの。お前だってそうだろう。六年前は観なかったんだろ」

「い、いや」

観た。

「観た」

「なら知ってるだろうさ」

親の因果が子に報い。

「観たけれど」

生まれ出でたは。

生まれ出でたものが箱になんか入っているものか。

そんな訳ないじゃないか。

それに、六年前も、十二年前も、その前も、その前の前も、その前の前の前も、ずっとずっと、それは。

それはいったい、いつ生まれたんだよ。

ぴいぴいひゃらら。

どんどんどん。

ちんちきちん。

お祭が始まる。

まだ準備もしていないのに。朝ご飯だって食べてないのに。違う違う。これは敬太の心臓の音だ。敬太の中を巡る血の音だ。敬太のしゃれこうべが軋む音だ。

筵を捲り上げたら、そこは。

「冬だ」

「そうだ。この箱ン中にはな、冬が入っている。お前の大嫌いな、湿っていて冷たくて重くて黒くて瞑《くら》い冬の夜が、たっぷりと入っているのだぜ。この中で、ぐずぐずぐずぐず、お前の頭の上に降り積もる雪になろうとして蠢《うごめ》いている、お前を凍えさせて、押し潰そうとしているのだぞ」

そんな、
そんな怖いこと言わないでおくれ。

おじさんは笑った。大声で笑った。

「怖がってるなあ坊主。そんなに冬が嫌《きれ》ェか」

敬太は首肯《うなず》く。

俺も好きじゃあないなとおじさんは言った。

「寒いとなあ、縮こまってしまうしなあ。旅暮らしの俺達にゃあ、冬はいけねェや。手足が悴《かじか》むと、惨《みじ》めな気持ちになンからよう。もう、前になんか進みたくなくなっちまうもんな。それに、雪なんかが降るとなあ、根無し草には辛《つれ》ェのさ。だから俺達は、冬には雪の降らねェとこに行くのだ」

雪が降らない処なんかあるのか。

「そんなだから、冬なんか箱には入れて運びやしねェさ」

「でも」

そう。

中は、白い。白い。真っ白い。

あれは。

おいおいおいとおじさんはまた笑った。

「何を勘違いしたのか知らないがな、俺達が見せているのは人面の牛やら河童の干物やら、そういうものだよ。死骸だ死骸。俺達は、蛇女やら蜘蛛男やら、そういう生きたものはやっちゃいねえのさ。ああいうのは何年も保《も》たないからいけないんだよ。育ったり年取ったり、病気になったり死んだりもするだろ。でも生きていなけりゃ、百年でも二百年でも保つからなあ。幾らだって保つんだよ。だからこうして俺達も、百年も二百年も、ずっと廻れるんだよ」

そう言って、おじさんは歩き出した。

いいや。

そんなことはない。

だいたい、百年も二百年も廻っているなんて、そこからして嘘じゃないのか。そんな昔には、あんたが生まれていないじゃないか。生まれていたなら、もう生きていないのじゃないか。河童の干物なんか、何度も見たいものじゃないだろうし。

なら。

あの箱の中には。

あの箱の中にはとよちゃんが詰められているのじゃないか。

ぎゅっと。

敬太の頭の中に、そんな考えが突然に浮かんだ。

もしそうだったら。

とよちゃんが入っているのなら。

そのとよちゃんは、もう昔のとよちゃんじゃないだろう。

あの箱には、蛇だか蜘蛛だか知らないけれど、そんな薄気味の悪いものに姿を変えられたとよちゃんが、あの日からずっと、六年前からずっと、閉じ込められているのじゃないだろうか。

ああ、厭だ。

それならみんな、それは敬太の所為じゃないのか。

だって敬太が観ようと言ったのじゃないか。逆だったかな。それは覚えていないけれど、敬太がいなければとよちゃんは独りで観には行かなかっただろうに。

あんな湿った、冷たい、暝《くら》い箱の中に押し込められて、とよちゃんが何か酷《ひど》いことをされている間、敬太はにこにこ笑いながらお祭を楽しんだりお菓子を食べたりしていたのだろうか。その上、六年もの間、ずっと忘れていたのだろうか。あんまりだよ。

それはあんまりだよ。

「と、とよちゃん」

敬太は、森へ向う一座に向けて、そう叫んだ。

すると、箱の蓋がぺかっと開いた。

そして中から、まるで蚕《かいこ》の繭《まゆ》みたいに真っ白な、おそろしく大きなおっかない姥《ばば》がせり出して来て、皺皺《しわしわ》の顔とぼさぼさの白髪と弛《たる》んだ頬をぶるぶる振りながら、

「けいだ」

と、犬みたいなとよちゃんみたいなお婆みたいな声で吠えた。

姥はすぐに箱の中に入って蓋も閉めてしまったけれど、でも敬太ははっきりと思い出した。筵の向こうにいたのはあの見世物姥だ。あの、冬みたいな、大嫌いな雪みたいな姥だ。あの姥はきっと百年も二百年もああしているんだろうなあ。あんなものを見たがると、お父の言ったようにバチが当たるよ。いけないよ。だって。

とよちゃんはぺろりと呑まれてしまったんだもの。頭から。
ああ、本当にバチが当たったんだ。仕方がないよ。
敬太はすごすごと踵《きびす》を返して家に帰った。
朝ご飯を食べて祭の準備を手伝うために。

もくちゃん

昔は。

どこの町にも少々困った人というのが一人くらいはいたものだ。

困った人といっても、ただの困った人ではない。

どう表現しても差別的なもの言いになってしまうので簡単には言い表せないのだけれど、要は肉体的ハンディは少ないけれど、それでも通常の社会生活を送ることにはやや困難が伴う人——ということである。

今なら、発達障碍《しょうがい》だとか行動障碍だとか、何かしら名前をつけられてしまうのだろう。いや、もっと深刻な疾病《しっぺい》と診断されるケースもあったかもしれない。

でも、昔はおかしな人、変わりもの、駄目な奴——と認識されていた。

そんなであるから、当然気味悪がられていたし、馬鹿にもされていたし、避けられてもいた。

けれども、蔑《さげす》まれていたという感じはしなかったと思う。所謂《いわゆる》、差別と呼ばれる感覚とは、少しだけ違っていたように思う。

要するに同じ土俵に上げて扱ってはいたのである。

だからこそそのそうした反応だったのではなかったか。いわゆる差別をしていなかったからこそ、叱ったり助けたりもしたのだろうし、それでも埒《らち》が明かないから、疎《うと》んじたり罵ったりもしたのだろうと思う。指差して笑ったりもした。

今では、そうはいかない。

笑ったりしたらそれこそ差別と謂《い》われてしまう。

尤《もっと》も——それ以前にそういう人は町からすっかり消えてしまった。見掛ける機会もあまりないように思う。数が減ったとも思えないから、やはり目に付かなくなっただけなのだろう。

少し、淋しい。

とはいうものの、問題行動があるような場合は隔離されてしまったりもするのだろうし、そうでなくても自立して生きて行き難《にく》いようなケースであれば、やはり施設に入れられるなり、介護や監視をつけるなりすることになるのだろうと思う。それは仕方がないことなのだろう。いずれ今の社会で、彼らが普通に暮らすこと、彼らと一緒に生活することは、限りなく不可能に近いということなのかもしれない。

ただ、昔は違っていた。町ぐるみで面倒をみていたような、そんな感覚があったことも慥《たし》かだ。どこまで世話をしていたものか、それは判らないのだが。

小学生の頃住んでいた町には、チョウスケという名前の男がいた。

本名は知らない。

たぶん、チョウスケではないのだろうと思う。主にそう呼んでいたのは子供達で、大人達がその名で彼を呼ぶことはなかった。大人達が何と呼んでいたのか、ついぞ聞いた覚えがない。

四十代か、もう五十を越していたのか——子供にしてみればいいだけ中年だったのだが、もしかしたら三十代だったのかもしれない。

年齢はまったく不明だった。

チョウスケは通学路の途中で口を開けて——本当に開けっ放しで——へらへらと笑っていた。毎日ではなかったのだが、週に三日は見掛けた。それは汚い身形《みなり》で、穴の開いた大きな蝙蝠傘《こうもりがさ》を持っていた。その傘はたいそう大きかったのだが、雨が降っても差されることは一度もなかった。チョウスケは雨の日はいつもずぶ濡れで、開いた口に沢山の雨粒が入って、溢れて、まことに汚らしかった。一度、見兼ねた近所のおばさんが傘を差し掛けたところ、チョウスケは物凄く怒った。

雨よけにはまったく使用されないその蝙蝠傘は、晴れた日にはまま開かれて、チョウスケは幾つも穿《うが》たれたその穴から、青い空を眺めていたようだ。

働いていた様子はなかった。偶《たま》に、拾って来たらしい長靴や軍手なんかを幾つか並べて、十円十円と叫んでいたが、勿論買う者なんかはいなかった。どういう訳か並べられるのは長靴や軍手ばかりで、それが少し不思議だった。

子供達はチョウスケのことを少し怖がっていて、少し嫌がっていて、少し面白がっていた。それからほんのちょっとだけ憐れんでいたと思う。人によってその度合いはまちまちだった。怖さが強い者は逃げ、面白さが勝っている者はよく揶《から》揄《か》った。通学路にいることからも判るように、チョウスケは子供が好きだったのだろう。

追いかけると逃げ、逃げると追って来た。

大体、笑っていた。

石をぶつけるような悪童がいる時だけ、怒った。

現在なら、これは大いに問題になるのだろう。人に石をぶつけて揶揄うという行為も問題だが、それ以前にチョウスケが通学路にいることが問題視されると思う。

どこから見ても不審人物ということになる。

何か起きてからでは遅いから、何か起きる前に何とかしておくというのが最近の風潮である。その結果、何か起きてしまった時に何もできない——ということになっているような気もするのだが、どうなのだろう。どれだけ念入りに予防したって、その予防線を上回る出来事というのは起きてしまう。起きる時には起きるものなのだ。だから、何か起きた時にきっちりと始末をつけられるように用意しておくことこそが危機管理というものであるようにも思うのだが、どうも最近は違うようである。

危なっかしいものは取り敢えず排除してしまう——それが正義だと、かなり多くの人が考えているのではないだろうか。

少し前までは、危なっかしいものであっても排除することはせず、寧《むし》ろ上手に共存していくことを考えたものだった。

慥かに、チョウスケのような人物は共同体にとってあまり好ましくない存在なのかもしれないし、一つ間違えば取り返しのつかない事件が起きてしまう可能性だって大いにあった訳だけれども、だからこそ、そうならないように共同体全体が濃《こま》やかにフォローをし、取り返しのつかない状況を回避するよう、上手にコントロールしていく——そんな風潮はあったのではないだろうか。

あの頃は、誰か一人の責任ではなく、共同体全体の責任として——皆がそういう努力をしていたように思う。別に取り決めがあった訳ではないのだけれど、それが当たり前のことだったのだ。

彼らとの共存は、一種暗黙の了解事項だったのだ。

チョウスケの他にも、町内にはロクちゃんと呼ばれる若者がいた。

ロクちゃんはチョウスケと違って一応働いていたようだった。

後から聞いたところに依れば、左官見習いだったらしい。しかし、仕事をしているところを見たことはなかった。

ロクちゃんは、主に土手にいた。

二十代だったのだろう。作業服のようなものを着ていて、夏場はランニングシャツ一枚で、川の方を向いていたけれど、川を見ている訳ではなかった。

ロクちゃんは、何も見ていなかった。

ロクちゃんの眼の焦点はいつも暈《ぼ》けていて、その暈けた視界に子供が入ると、無表情のまま手を振った。

そうでなければ花を摘んでいて、蒲公英《たんぽぽ》なんかを両手にいっぱい持っていたりした。そして、時偶《ときたま》その蒲公英を、ロクちゃんはもぐもぐ食べたりもしていた。

子供達の間では、腹が丈夫なんだとか、貧乏だから喰い物がないんだとか、牛なんだとか、適当に言われていたと思う。

表情はないけれど愛想は好いので、偶《たま》に遊んでいる子供もいた。悪いことはしないのだけれど、でも、わりにそそうをすることが多く、大きい方を漏らした時は、大体泣きながら家に帰って行った。

家に家族がいるのかどうかは、知らなかったけれど。

近所の人が世話をしていたのかもしれない。

左官の親方が面倒をみていたのかもしれない。

チョウスケは、小学校四年の春先にぷっつりと姿を消した。

死んだのだとか病院に入れられたのだとか警察に捕まったのだとか、或《ある》いは突然まともになって郷里に帰ってしまったのだとか、色々と噂が飛び交った。大人に尋《き》くこともできず、尋いたところで知っているとも思えなかったので、チョウスケはそのまま、半ば伝説のようになってしまった。

ロクちゃんの方は、救急車に乗せられてどこかに連れて行かれた現場が目撃されている。その後、町に戻っていたようなのだが、姿は見掛けなくなった。

怪我でもしたのか、変な物でも食べたのか、或いは元々何かの病気だったのか、それは判らない。左官屋の縁側にぼおっと座って雑草を喰っていたとか、山の上の病院の鉄格子の嵌《は》まった窓から無気力に外を見ていたとか、そんな証言をする者もいたのだけれど、真偽の程は知れない。

他にも、オハヨウおばさんだとか十円ジジイだとか、困った人は何人かいたらしいのだが、僕の記憶にはあまり残っていない。

我が家は、僕が中学に入学する直前に、同じ県内の少しだけ離れた小さな町に引っ越した。老朽化した家を売ってマンションを買ったのである。

どうにも半端な距離の転居だったのだが、そこはどうやら父が通勤可能となるギリギリのエリアだったようだ。

僕は卒業までの一週間を親戚の家から通学し、小学校生活を終えると共に生まれ育った町を離れて、まるで知らない町の中学校に入学した。

その町にも。

困った人はいた。

その人は、もくちゃんと呼ばれていた。

本名は知らない。

家の表札には田所《たどころ》と書かれていたと思うから、田所某というのかもしれない。もしかしたら違うのかもしれない。

いや、違っていたようだ。

確実なのは、もくちゃんはもくちゃんと呼ばれているだけで、もくの付く名前ではない、ということだ。

もくちゃんというのは、もくちゃんが住んでいる建物の隣の家の子供の名前なのである。その子供は、僕の同級生で亀山杢太郎《かめやまもくたろう》という。こっちの方が本物のもくちゃんなのだった。

ならば何故に隣家の男がもくちゃんと呼ばれるようになったのかというと――。

その男は亀山くんの顔を見ると必ず破顔して、

「もくちゃあん、もくちゃあん」

と、名を呼ぶからなのであった。

その時の男の顔は泣いているようにも笑っているようにも見えた。破顔というのは概《おおむ》ね笑うことを指し示す言葉なのだろうが、笑って顔が壊れてしまうような状態をしてそう呼ぶのだろうから、まあ破顔でも間違ってはいないと思う。

般若《はんにゃ》の面のような、でもあんなに鋭くはない、そんな顔である。

最初はぎょっとした。

その時の、亀山杢太郎の厭そうな顔も忘れられない。

亀山杢太郎の家は僕のマンションと学校との中間くらいにあったから、よく一緒に登下校した。その時は五六人一緒だったと思う。新学期が始まって三箇月くらい経ち、僕も新しい環境に馴染み始めていた——そんな頃のことだ。

がたいが大きくて少し粗暴な桑原梅男《くわばらうめお》。

もっさりした感じの山辺大介《やまべだいすけ》。

それから、他に二人くらいいたと思う。

亀山杢太郎は、七三分けのひ弱な感じで、それなのに色は黒くて、寡黙な印象と裏腹に興奮すると声が大きい、そんな生徒だった。その頃僕はまだ、すっかり仲間に溶け込んでいるという程に親しくはなくて、でも他所者《よそもの》という訳でもなくて、一歩退いて観察しているという感じだった。

ダラダラした下校の途中。そろそろ亀山杢太郎の家が見え始めたその時。

その声が聞こえた。

「もくちゃあん、もくちゃあん」

「お。もくちゃんが出たぞ」

桑原がそう言った。僕はその発言の意味が判らなかった。

亀山杢太郎は、学校ではカメちゃんとかモクちゃんとか呼ばれていたから、もう一人モクちゃんがいるのかなと、声のする方に目を遣《や》った。

「もくちゃああん」

五十歳くらい――に見えた。

燻《くす》んだ色のよれよれのセーターを着て、下はつぎのあたった股引《ももひき》だ。サンダルを履いている。髭が濃く、眉は薄い。

汚らしく見えるのは、髭に白髪が混じっているからだ。髪形は、元々坊主頭だったのか、それともそういうヘアスタイルなのか判らない、半端な長さだった。いずれにしても大して長くないのに縺《もつ》れて絡まって妙な癖がついている。眉間に皺《しわ》を寄せ、眉尻を下げ、への字の口を大きく開いている。

泣いているのか。

笑っているのか。

「もくちゃああん」

その男は亀山を指差した。

指差したというより、何かを求めているような恰好《かっこう》だった。

「ほら、カメ。呼んでるぜ」

桑原がそう言うと、亀山はそれはもう厭そうな顔になった。

「行けば？」

「止《よ》してよ」

亀山は本気で嫌がっている。

顔を背けて、ちぇっと舌打ちをした。

そのうち山辺がもくちゃあんと真似をし始めた。もくちゃあんもくちゃあんと、僕と亀山を除く一団が口々に言い始める。男も、負けじと大きな声を出した。

「もくちゃあん」

「やめろよ馬鹿ッ」

亀山は一言怒鳴ると、仲間を抜け、男の前を駆け抜けて自宅に駆け込んだ。真剣に怒っていた——ように見えた。

僕はぽかんとしていたと思う。

それ以外にリアクションの取りようがない。亀山がいなくなってしまうと、男はぴたりと黙って、同じ場所で空を見上げた。騒いでいたみんなも黙った。

少し白けたムードのまま男と亀山の家を通り越し、そこで桑原が教えてくれた。

「あれさ、カメん家《ち》の隣の男。少しコレなんだよな」

「コレ？」

桑原は人差し指の先を自分の顳顬《こめかみ》に当てて、ぐりぐりと捩《ね》じ込むように押した。

「コレコレ。この辺じゃ有名だよ」

少し困った人なのか。

「少しじゃないよ。相当ダメだよ」

山辺はそう言った。

僕はすぐに諒解した。

チョウスケやロクちゃんのような人なのだろうと、そう思ったのだ。

「あれさ、カメの顔見るともくちゃんもくちゃんって鳴くんだよ」

「泣く？」

「泣くって、そっちじゃないよ。悲しくて泣くんじゃなくって、鴉《からす》とか犬とかみたいに鳴くの。あれが鳴き声なんだよ。だって俺、他の言葉喋ってるの聞いたことねえもん」

俺も俺もとみんなが口々に言った。

「あれさ、カメが好きなんだぜ」

「愛してるのか。オヤジだぞ」

「気持ち悪《わり》ィー」

悪童達はゲラゲラ笑った。

僕も釣られて笑った。

笑ったけれど、去り際の亀山が余りにも厭そうだったので、肚《はら》の底ではそんなに笑えないよなと思っていた。チョウスケやロクちゃんなんかと違って、あの男は亀山をピンポイントで狙って来るのだ。そのうえ隣に住んでるのじゃ避けようもない。だからやっぱり厭なんだろうと思った。

自分に置き換えて考えてみる限り、かなり厭だろうと思う。

男に悪気はないのだろうし、あからさまに避けることもできないだろう。隣人なら余計だ。なら、まあ厭だ。友達に揶われるのも厭だろう。

次の日。

僕は登校の途中、亀山家の隣家を観察してみた。

亀山の家はごく普通の、二階建ての、割に大きめの一戸建てである。慥か姉が二人と妹、それに祖父母も同居しているという話だから、結構な大家族である。庭も駐車場もあって、門もあって、まあそこそこ立派といえる部類の家だろう。

でも、隣の家は違った。

それまで意識したことがなかったから気づかなかっただけで、かなり異様な感じだった。

木造の平屋である。木造といってもモルタルなどではなく、壁は板だった。屋根はトタンで、錆びたり剝がれたりしていた。敷地の割に建物は貧弱で、余った土地には雑草が生い茂っていた。門や塀はなく、代わりに竹垣のようなものが敷地を仕切っているのだが、それも半分は朽ちていた。要するに、今ではあまり見掛けなくなったかなり古い家——ということなのだが、ただ、当時はそういう家がそこそこあったのである。だから、それだけで異様な感じを抱いた訳ではない。

その家は、どうにも煤《すす》けているのだった。

そこだけが何かから取り残されたような、そんな風にも見えた。陽当たりが悪い所為《せい》なのか、手入れがされていないからなのか、汚れているだけなのか、一言で述べるなら不吉な感じとでも言うのか。

凶宅という言葉があるらしいが、まさにそんな感じであった。勿論、中学生の僕はそんな言葉は知らなかったから、何だかヤな感じだなと思っただけなのだけれども。

立ち止まって玄関を見た。

分不相応に大きな表札が掲げられていて、そこには田所、と記してあった。

田所という人なのかとどうでもいいことを思っていると、亀山家のドアが開いた。

亀山だった。

おはよう、と声を掛けると、おはようと応じる。覇気はないけれど、普段とあまり変わりはなかった。

「ねえ、そんなとこで何してるの？」

「いや——その」

隣の家を見ていたとも言えなかった。

早く行こうと亀山は言った。

「あのさ」

僕は視線を泳がせる。亀山は察したようだった。

「え？　隣の人？　よく知らないよ。厭な人だよ」

「おかしいのかい？」

おかしいさおかしいよと亀山は吐き捨てるように言った。

「おかしいんだ。やっぱり」

「いや、それよりさ、おかしいのはクワちゃんとかだよ。酷《ひど》いよ」

「俺、よく判んないんだけど、何か事情がある訳？」

自分にはないよと亀山は言った。

「自分は何もしてないから。隣の人がみんなからもくちゃんとか呼ばれる意味も判らないから」

「いや、そうやって亀山君のことを呼ぶからでしょ。昔から？」

「昔って――」

昔っていつだよと亀山は不機嫌そうに言う。

「昨日初めて呼ばれた訳じゃないんだろ？　みんなネタにする程だし」

「ネタにするって、酷いよ」

「やっぱ本気で厭なんだ」

それにしても。

何で呼ぶのさと尋くと、知らないよと答えられた。

「用事があるんじゃないのかい？」

「用事はあるんだろうけど、自分には関係ないから」

亀山はあの男を徹底的に嫌っているようだった。振り向くと、家の前にあの男が立っていて、僕らをじっと見詰めていた。

あまり気持ちの良いものじゃない。僕も速足になった。

その日、僕は桑原から妙な話を聞いた。

「あのもくちゃんはさ、カメの奴を襲ったんだよ。前に」

「襲った？」

「俺、見たもんな。頭摑まれて、キスされてたんだぜ」

「キス？　嘘だろ？」

「だから見たんだよ。そういう奴なんだって」

そういう奴というのはホモセクシュアル、という意味だったんだろうと思う。

今と違って当時の中学生には結構ショッキングな話だった。

「でも、カメはそっちの趣味なかったからさ」

「まあ――そうだろうけど」

それは問題ではないのか。

それが事実であるのなら、隣人は亀山を性的対象として見ているということになるだろう。キスで済んでいるうちは良いが――いや、亀山にしてみれば良くもないのだろうが――もっと大変なことにもなり兼ねない。

「いや、あいつさ、すげー避けてるだろ。異常に避けてるじゃん。亀山の態度も変だよな。ただ嫌がってるって感じじゃないもんなー。だから、きっとさ、目覚めそうなんだぜ」

「あ？」

桑原は下品に笑った。

亀山にその気があるのかどうかは措《お》いておくとして、桑原の話が本当ならあの男は立派な変質者ということになってしまう。無理矢理にキスをしたとなれば、ただでは済むまい。たとえ男同士だろうと問題だ。いや、男同士だからこそ問題だという話なのかもしれない。いや、この場合性別は関係ないということになるのだろうか。その辺は考え方次第なのだろうが、ならば余計に悪いという判断は当然あるだろう。

いずれにしろそれが事実なら、あの男はもうただの困った人ではない。他に被害者が出る可能性だって充分ある。その話は周知のことなのだろうか。亀山の両親は知っているのか。知っていてもどうしようもないのだろうか。

知らないんじゃないかと桑原は言った。

「見たのは俺だけだし。流石《さすが》にヤバいかなと思って、誰にも言ってねーし。言ったのお前が最初だよ。でも、まー揶うのは面白えから、適当にそれっぽいことは言ってるけどさ。カメの奴、隠してんだよ」

あいつカッコつけるだろと桑原は言った。

「凄《すげ》え痩我慢《やせがまん》すんだよな。水臭いってか、隠すんだよ。好き嫌いとか結構激しくあるのに、絶対認めないしよ。本音も言わねーじゃん。だからさ、何か人を小馬鹿にしてるように見えるんだよな。あーいう態度取られるとさ、余計に苛《いじ》めたくなんだよ。言えばいいじゃん。友達なんだし」

まあ、解らないでもないと思った。反面、本当に亀山が乱暴されていたのなら、それはやっぱり言えないだろうと思った。気安く口にできるようなことではないし、況《まし》てネタにして笑えるようなものでもない。

僕は複雑な心境になった。

とはいえ、桑原もそのことを言い触らしている訳ではないようだったし、それをネタにして陰湿な苛めをしている様子もなかった。亀山の方も桑原とは普通に仲良くしていて、表面上は何もなかったかのように振る舞っていた。だから、まるで引っ掛かることがないという訳ではなかったのだけれど、敢えて突《つつ》く必要もなかった訳で、僕もやがて忘れた。

でも、登下校の度、亀山家の隣家の前を通る度に、僕は一瞬だけ、不吉な、厭な気分になった。

その男は偶《たま》に家の前に立っていた。僕は、別に差別するつもりなんかまったくなかったのだけれども、どうしても抑えられない不快な感情に見舞われて、彼から目を逸らした。そうでない時は、まるで汚物を見るような目で見た。

或る日。

僕は亀山と二人で下校した。

とりとめのない、くだらない話をした。結構笑って、割に楽しい気分だった。

その声が聞こえるまでは。

「もくちゃああん」

途端に、亀山の顔色は変わり、僕も一気に憂鬱な気分になった。僕一人なら声を掛けられることもないから、男がいたって通り過ぎるだけで済む。しかし——亀山が一緒だと、どういう態度をとっても気拙《きまず》くなるだけだ。

「もくちゃあん」

「うるさいよひとごろしッ」

亀山は男に目もくれず、吐《は》き捨てるようにそう言った。

人殺し。

「おい——」

「死んで欲しいよ。あの人」

「そんなに——酷いことされたのか？」

もくちゃん、もくちゃんと声に出しながら、男は亀山の方に近寄って来た。こいつは泣いてるみたいに見えるけど——やっぱり、笑っている。表情が独特だけれど、この男は喜んでいる。喜んで——。

「もくちゃあん」

怖い。

僕は、突然怖くなった。

この男は亀山が厭がるのを面白がっているのか。

そうなら、この男はわざとこんなことをしていることになる。悪気がない訳じゃなくても、もしこいつが佯狂《ようきょう》なのだとしたら、最低だ。

「行こうよ」

亀山は自分の家を通り越して走り出した。僕も続いた。

見通しの良い通りを駆け抜け、横道に入って少し進むと小さな公園がある。あまり陽が当たらないし、浮浪者のような人が蹲《うずくま》っていたり、酔っ払いがベンチで寝ていたりするから遊ぶ子供も少ない。

亀山は無言で公衆便所の横のベンチに座った。

幸い、誰もいないようだった。

僕も横に座る。

「あいつ、何？　嫌がらせなのか？」

「そうじゃないよ」

「だって、わざとしてるだろ、あれ」

「もちろんわざとでしょ。自分は厭だけど、あっちは厭じゃないんだよ」

「って――亀山君さ、その、悪戯とかされた訳？」

とても尋き難い。

クワちゃんに聞いたのかと亀山は言った。眼が笑っていない。

「クワちゃん、勘違いしてるんだよ」

そういうんじゃないよと亀山は言った。言ってから、ちぇっと舌打ちをした。

「そういう襲い方だったら警察に捕まってるでしょ」

「いや、そうだけど」

じゃあ違うのか。

違うけど、襲われたことは事実なのか。

「じゃあ、その」

「自宅《うち》はさ」

自分が小学校に入る前くらいに建ったんだと亀山は言った。

「それまでは隣町に住んでたんだ。引っ越しの時、近所に挨拶行くだろ？　隣にも挨拶に行った。お向かいとか、裏とか廻って、隣に行ったのは最後でさ、しかも家族全員で行ったんだよ。民生委員の人が、隣の人はちょっと問題があるから面倒かけることもあると思うけど、乱暴したりしない温順《おとな》しい人だから宜しく頼むって、予《あらかじ》め言いに来たりしてた訳さ。なら、まあ全員顔を知ってもらっておいた方がいいだろうって、親が判断したんだ。で、多分、民生委員のおじさんも付き添いで、一緒に行ったんだと思う」

それは――解らないではない。

借家ならともかく、家を建ててしまったのなら簡単に引っ越しはできなくなる。隣家はずっと隣家で、隣人との付き合いは、それはもう長いものになる。その隣人に難があるというのなら、確かめておくが得策だろう。

「表札は田所だけど、本当の名前は違うみたいだった。でも、もう忘れた。何でも、もう二十年以上あの家に住んでるらしい。前の人が田所さんだったらしいから、違うんだよ。でも、ほら」

　喋らないから——と亀山は厭そうに言った。

「民生委員の人が何て呼んでたのかは覚えてないし、親も覚えてないよ」

　あんな奴どうでもいいから。

　まあそうだろう。

「玄関先に家族がみんな並んでさ、父親か祖父が、隣に越して来ました亀山です、とか言ったんだと思うけど。まあそれで、一応自己紹介的なさ、そういうのした訳さ。妹はまだ小さくて母親に抱かれてて、姉貴達と、自分と、順に名前を言った。で、自分が杢太郎です、とか言ったらさ、あいつ、それまでぶすっとして寝惚けたような顔してたのに、急に眼を見開いてさ、もくちゃあんって」

「はあ？」

　そんな昔からなのか。

　というか、初対面の時からなのか。

「民生委員の人も吃驚《びっくり》してたよ。口が利けないと思ってたらしくてさ。で、あんまりもくちゃんもくちゃん喜ぶから、親もさ、困るっていうか、無下にもできないっていうかさあ。まあ困惑してさ。で、あいつ、こうやって」

亀山は両手を前に出した。

「キョンシーみたいに迫って来て、それで自分を抱き上げてさ、おでこくっつけて来たんだよ」

「おでこ?」

「額」

亀山は己の額を指差した。

「まだ五つくらいだからさ。まあ、そんなことする大人もいるでしょ。子供におでこやほっぺつける人いるじゃん。だから別段変な感じじゃなくて、ただ可愛がってるみたいにしか見えない訳。でも、自分は」

大泣きしたんだよなと亀山は言った。

「怖かったんか? それとも痛かった?」

「そういうんじゃないよ。別に怖くはなかったから。それは多少、気持ち悪かったんだと思うけど。汚いだろあいつ。臭いしさあ」

慥《たし》かに不潔そうだ。まともに風呂に入っているとは思えない。

「じゃあ何で泣いたんだ? まあ別に理由なく泣くけどさ。子供」

「理由はあったんだって。こうやって、おでこつけられた途端にさ、流れ込んで来たんだ」

何かが。

「流れ込む？」

「物凄く厭だった。気持ち悪くて、いや気持ち悪いと言うか、もっと酷いよ。言葉で言い表せないよ。酷いんだよもう。だってまだ五歳とかだよ？」

「いや、待ってくれよ。何が流れ込んで来たのさ」

記憶だと思う、と亀山は言った。

「記憶？　何それ」

「記憶ったら記憶だって。他に言いようがないから。うまく説明できないから人に言わなかったんだって。それからさ、何度もやられた。自分は厭で厭で、逃げたり泣いたりして抵抗したんだけどさ、ほら気を遣うだろ、ああいう人だし。祖母とか母親とか、そんなに嫌っちゃダメよとか言う訳さ。そういう、人を嫌うようなことしちゃいけませんとか。それは解るって。別にそんな気はないんだよ。でも、流し込まれると厭なんだ」

「記憶を？」

「記憶を。悪いことする訳じゃないんだからとか、言う訳さ。でも、自分には充分悪いことな訳さ。でもあんまり厭がると、ほら、何するか判らないだろ？　ああいう感じの人だから、怒って乱暴したりするかもしれないからさ、それを思うと余計に親とかも遠慮がちになるんだよ。まあ、抱き上げておでこくっつけるくらいいいだろ、させてやりなさいって。それで気が済むんだからとか言う訳さ」

まあ、ただ可愛がっている——ように見えるだろう。

「大体あいつ、自分以外の誰にもそんなことしないし、そもそもくちゃん以外の言葉喋らないんだからさあ。お前よっぽど気に入られたなって、祖父なんか笑ってるんだよな」

こんなに厭なのにさ、と亀山は頭を抱えた。

「上の姉さんには何度か相談したけど、てんで取り合ってくれない訳さ。男なんだからいいじゃんとか言うんだよね。慥《たし》かに、あれが姉さん達だったら、親だって黙ってないよ。でもさ」

まあ、男の子を抱き上げて額をくっつける程度で警察沙汰にはできないだろう。

「それからずっとだよ。いい加減にして欲しいって」

「つうか、もう七年近く経ってるじゃん。まだ——額くっつけるのか？」

「くっつけようとしに来るんだって」

あの呼び掛けはそれを求めているのか。

「流石《さすが》に抱き上げるのは無理みたいだけどさ。それに、こっちも避けるようにしてるから、もうやらせないよ。最後にやられたのは小五の時で、家の前の縁石に座って、クワちゃん待ってた時にさ」

「ああ、それが」

キスしてたんじゃないのか。頭を摑んで、額をくっつけていたのか。それなら見る角度によってはキスしているように思えるだろう。

油断したんだよと亀山は言った。

「でも、その時判ったんだ」

「何が」

「何が流れ込んで来ているのか、ってこと。それまでは小っちゃかったから、よく解らなかったんだよな。ただ厭なだけでさあ。でも小五くらいになれば色々判るでしょ。あいつは額をくっつけて、あいつの記憶をこっちに流し込んでたんだよ。それ以外に考えられないって」

「記憶――なのか」

「記憶だよ。間違いないって。だってさ、見たことも聞いたこともない場所で、まったく知らない人が何人もいて、やったことがないことをしてるんだよね」

「誰が？」

「自分がさ。いや、自分がしている記憶なんだよ」

「亀山君自身がしてる記憶なの？」

「記憶だけがあるんだ。でも、あいつの記憶なんだよ。あり得ないから。もう何度も何度も流し込まれてるから、まるで自分の記憶みたいになってるんだよ。やったことないのに、記憶があるんだよ」

「どんな記憶なんだ？」

人殺し、と亀山は言った。

ひとごろし。

それで——。

「どっか判らないところなんだ。知らない場所なんだよ。何かさ、コックみたいな服装の男が何人かいてさ、それから中国人みたいな変わった恰好の女の人がいて、それでね、叫んでるんだ。怒ってるのかな」

「誰が？」

自分が、と亀山は己を指差した。

「怒鳴ってるんだよ。でも、自分が叫んでるのに、自分の声じゃないし。大人の声だからさ。何を言ってるのかも判らない。早口なんだ。で、殴ったりしてさ、それから庖丁を持って、刺すの」

血がどくどく出ると亀山は言った。

「三人殺して、二人は死んだかどうか判らない。庖丁があるし、レストランの厨房みたいなところなのかもしれない。そんなとこ、行ったことないし。全然どこだか判らないし。大体、何で中学生が簡単に大人殺せたりするのさ。いや、小学生だったし当時。というか、最初は五歳とかだし、自分。そもそも、視点が高いんだよ。大人の目の高さなんだって。そんな記憶ある訳ないじゃん。テレビとか映画で見たんでもないよ。傷口とかはっきり見えるしさ、そもそも、犯人の視点で犯行を撮影したドラマとか、あんまりないでしょ？」

あるかもしれないが、観たことはない。観ていても思い出せない。

「もうはっきりした記憶なのさ。そんなの、五歳の子供に判る訳ないでしょ。だから泣いたんだって、最初の時は。その後も、何度も何度もそんな記憶を流し込まれてさ。あいつ、自分が覚えていたくない厭な記憶をさ、他人に移して楽になろうとしてるんだよきっと。絶対そうだって。あいつ」

人殺しなんだよと亀山は言った。

俄《にわか》には信じられない話だった。

誰も信じてくれないよと亀山は言った。

「どうせ信じないだろ？　精々、クワちゃんみたいにさ、人を揶うだけでしょ。みんな酷《ひど》いよ。何がもくちゃんだよ。何であいつがさ、自分の名前で呼ばれなきゃならないんだよ。もくちゃんは自分だって」

亀山は、肚の底から滲《にじ》み出るような嫌悪感を顔中で表した。

それから、もう厭だよ、と言った。

しかし。

それから後も、亀山家の隣人はもくちゃんという渾名《あだな》で呼ばれ続けた。

亀山を見掛けた時にもくちゃん、もくちゃんと叫んで近寄って来ること以外、問題になるようなことは何ひとつしなかったようだし、町の人達もどうにもできなかったのだろう。いや、どうにかする気もなかったのだと思う。

実害はまるでない。

亀山李太郎以外に、困っている者はいなかったのだ。

亀山も、もう気にしないようにしたらしかった。悪童達はもくちゃんが出ると、ほら行ってやれよ呼んでるぜなどと揶ったものだが、適当にあしらって遣り過ごすことにしたらしい。

もくちゃんが出たぜ、あれはもくちゃんじゃないですから、と言う遣り取りがお約束のようになって、それでみんなも、亀山自身も笑った。僕は暫くは据わりの悪い奇妙な心境だったが、やがて笑うようになった。

亀山本人が笑っているからいいのだと思った。

いや、あの公園の告白は嘘だったのかもしれない。

亀山が新参者の僕をかついだという可能性は充分にあり得る。そもそも、SF漫画でもあるまいに、記憶を他人に流し込むなどという荒唐無稽な話が現実にある訳がない。

嘘なのだ。

僕はそのうちそう思うようになっていた。

もくちゃんは、そんな訳で人畜無害な困った人になった。チョウスケやロクちゃんと同じく、色々な人に面倒をみられながら、町の一員として生活していた。

僕もまた、町に馴染み、人に馴染み、亀山や桑原や山辺と一緒に、ごく普通の中学生活を送ったのだった。

三年が過ぎ、高校進学後、僕らはバラバラになった。僕はちょっと離れた私立高に合格した。通うのが大変だったので下宿することになり、僕は町を離れた。

年に何度か戻って、亀山とも何度も会ったが、その話は一度もしなかった。もくちゃんはまだ亀山家の隣にいた。夏休みなんかに何度か見掛けたが、すっかり老け込んでいて、もう老人と呼んだ方がいいような容姿になっていた。

僕が最後にもくちゃんを見たのは、高校を卒業した直後のことだった。

大学に進むと会うのも大変になるから、一回地元で中学の同窓会を開いておこうと誰かが言い出したのだと思う。未成年ではあるから店を借り切ったりはできない。そこで中学校の近くのコミュニティセンターを誰かが借りて、そこに先生なんかも呼んで騒ごうということになったのだった。

その時僕は、昔と同じく亀山の家の前を通った。

もくちゃんの家は廃屋のようになっていた。

窓ガラスは割れていて、板壁なんかもすっかり朽ちていて、一部ベニヤ板で補強してあった。トタン屋根には土や埃が溜まり、草が生えていた。不吉というより、もうゴミのようにしか見えなかった。

ちょっとだけ感慨深くなって僕は立ち止まり、もくちゃんの家を暫し眺めた。

屋根の上に。

もくちゃんがいた。

僕はかなり驚いた。

何の気配もしなかったからだ。

すっかりよぼよぼになってしまったもくちゃんは、高い処で天に顔を向け、もくちゃあん、もくちゃあん――と、二度ばかり。

鳴いた。

いや、泣いていたように僕には見えた。中学の頃は泣いているのか笑っているのか判らなかったけれど、その時は何故か、とても哀しそうに見えたのだ。錆びたトタン屋根に取り付いているもくちゃんは、何だか瀕死のリスみたいに小さく見えた。

同窓会には亀山も来ていて、その所為《せい》か僕はそのことを誰にも言わなかった。

東京の美容師の学校に合格したという亀山はとても愛想が良くて、始終ニコニコしていた。将来の希望に燃える若者の笑顔と、あの哀しそうなもくちゃんの姿とは余りにも掛け離れ過ぎていて、同じ町で起きている同じ現実とはとても思えなかった。

だから、僕は何も言えなかった。みんな、成長している。時間はどんどん進んでいるのだ。町も人も、明日に向かって力強く歩んでいる。

あのもくちゃんの家だけが、きっと違う時間の中にあるんだ。

そんな風に思った。

大学を卒業し地元に帰った僕は、小さな会社に就職した。亀山は何でも美容師として成功し、かなり羽振り良くやっているという話を聞いた。

僕は、やがて結婚した。

中学を卒業して十八年の歳月が経っていた。

僕はもくちゃんのことなど全く忘れてしまっていた。亀山の家の前を通ることもあったけれど、それでも頻繁に思い出すことはなかった。

あのもくちゃんの家はもう随分前に取り壊されていてアパートになっていたし、そのアパートも既に古びていたのだ。

尤《もっと》も、僕はもくちゃんを記憶から完全に抹消してしまったという訳ではなかった。

僕はごく稀にもくちゃんのことを想った。

勿論、他人に厭な記憶を流し込む化け物めいた人物としてではなく、チョウスケやロクちゃんと同じような、町の困った人として——である。最近見掛けなくなった彼らを懐かしむくらいの余裕が僕にはできていたのである。

もくちゃんも、もう生きてはいないだろう。

姓名さえも覚束《おぼつか》ない彼が、真実殺人者であったのかどうかを確認する術《すべ》はない。

いや、すべてが亀山の妄想か、或いは僕を嵌《は》めるだけの嘘か、そのどちらかであったのだろう。

いずれ昔のことだ。

そう、思っていた。

でも、それは違った。

或る朝。

僕は新聞の見出しを目にして——一瞬だけ——硬直してしまった。

『カリスマ美容師が五人殺傷／デザートの味付けが気に入らぬと難癖』

四日午後九時三十分頃、渋谷区内の中華料理店・金王楼《きんのうろう》の厨房に客が乱入、味付けが悪いと言って暴れ出し、置いてあった庖丁で従業員に切り付けるという事件が起き、止めに入ったチーフ料理人の村井《むらい》健次《けんじ》郎《ろう》さん（四十）ら三人が死亡、二人が顔などを切られる重傷を負った。警察は亀有在住の美容師・亀山杏太郎容疑者（三十三）を現行犯逮捕。亀山容疑者は人気美容室ピ・カードの経営者で、雑誌の取材なども多く受ける〝カリスマ〟美容師だった。同席していた人物の証言によると、亀山容疑者はデザートの杏《あん》仁豆腐《にんどうふ》を食べ始めるまでは普段とまったく変わりない様子だったという。逮捕時、亀山容疑者は「もくちゃんはじぶんだ」などと、意味不明のことを繰り返し述べるなど錯乱しており——。

まあ。

あの人はもくちゃんじゃないからな。

もくちゃんは、お前だもんな。

僕は。
そう思っただけだった。

シリミズさん

男と別れて、何だかむしゃくしゃしたので勢いでバイトも辞めて、辞めてから後悔した。人間、何ごとにつけ一時の感情で刹那的《せつなてき》にものごとを決めてしまうのはいけないことなのだ。肚が立っていようと落ち込んでいようと、どんな時でも熟慮することが肝要なのである。

蓄えも何もなかった訳で、半月で経済的に破綻した。

まあ、それ程気に入っていた職場ではなく、というか正直正社員どものアルハラだのセクハラだのにもとことんウンザリしていた訳で、機会があれば辞めてやろう辞めてやろうと、辞める時は啖呵《たんか》のひとつも切ってやろうと思っていたくらいなのだから、強ち《あながち》衝動的と言い切ることもできなかろうとは思うのであるが、次の仕事のあてもなく、将来の展望も生活設計もなく、生きる算段もなく、取り敢《あ》えず辞めてやれなどという態度をとるのは、どうであれいかんことだと思う。無計画にも程があると言われれば返す言葉もない。

慌《あわ》てて職探しをしたのだが、このご時世、そう都合良くいくもんではない。

仕事は決まらなかった。焦れば焦る程、駄目だった。選《え》り好みなんか全くしていなかったのに、だ。

かなり追い込まれていたのだが、根が臆病なので借金はできなかった。電気が止められたり電話が止められたりしてしまうのは自業自得だとしても、家賃が払えなくなったりしてしまってからでは遅いよなと、その辺は人間として最低限のルールを守ろうなどと気取って、でも二進《にっち》も三進《さっち》も行かなくて、しかたなく追い出される前にマンションを引き払って、一旦実家に戻ることにしたのだった。

実家は秩父《ちちぶ》で、そう遠くもない。

秩父といえば主に山というのが一般の印象だと思うのだが、まあその印象は概《おおむ》ね正しい。だからといって実家があるのは昔話に出て来るような山村ではない。

山は山だが、一応町である。とはいうものの、勿論そこは都会と呼べるような場所でもなく、ひたすらボケっとした田舎町である。家業は造園業というか植木屋というかその手のもので、家は古くて広いから部屋はいくらでも余っているのだ。

住まわせろと打診したら二つ返事で快諾された。ついでに暫《しばら》く事務でもやらせてくれと頼んだのだが、そっちは断られた。空き部屋に住むのは一向に構わないが、住む以上は家に金を入れろということだった。

つまり戻ってくるのは勝手だが、ちゃんと働けということである。

世の中、そう甘くはない。

そもそもカツカツで暮らしていた訳で、返って来た敷金も半分以下で、引っ越し屋に代金を払ったら本気で空《から》っ穴《けつ》になってしまった。

武士の情けだ、職が決まるまで食い扶持《ぶち》の面倒くらいは見てやろうと、当てつけがましく親父《おやじ》は威張ったりしてくれたのだが、そもそも都内でさえ働き口は見つからなかったのであり、こんな田舎で職なんかに就けるものかと不平たらたら、暗澹《あんたん》たる気持ちでいた訳だけれども、そこはそれ、まあ家族の中にいて見殺しにされることもなかろうというお気楽な気持ちもなかった訳ではない。まあ、飢え死にしたりホームレスになったりすることはないだろうと、その辺は楽観していたのである。

そんな訳で。

二十六歳無職の私は、故郷でここ数日ぶらぶらとしている訳である。

こうなると学歴なんかはマジ関係ない。履歴書が機能しない。書面で信用は勝ち取れない。

人柄だとか遣る気だとか、数値化されないもんが大事になる。

それから地縁である。どこそこの誰々の娘さんだからとか、その昔ばあちゃんが世話になった人の係累だからとか、終《しま》いにはご近所だからとか、もう理由になってない気もするのだが、そういうのが幅を利かす。

もう、何でもいいですから何でもやりますからさせてくださいと、まあそういう気にさえなれば、都会より働ける場所というか機会は多いのかもしれない。

いや、多いだろう。

求職活動を始める前、というか引っ越し前の段階で、いったいどこから聞きつけたものか、働き口の話が舞い込んでいたりした程だ。水島《みずしま》造園の無職の娘が戻って来るという噂が、瞬《また》く間に町中に流れたということである。職がないなら斡旋してやろうという町内親切なのだ。

団子屋の店番という、簡単なのか難しいのか判別しにくい話だった。

それは果たして就職なのだろうか。

団子職人を募集している訳ではないらしい。団子はその店のばあちゃんとその仲間達が作っていて、そっちの方は手が足りているらしい。三十年来店番をしていたのはばあちゃんの連れ合いのじいちゃんで、そのじいちゃんの糖尿がこじれて、店先に座っていられなくなったから代わりを探しているのだそうだ。

思えば、子供の頃に団子を買いに行った時、ショーケースの向こう側に座っていた人はおじさんというより既にじいちゃんだった記憶があるから、同じ人だとすると更に年寄りに磨きがかかっているということになるのだろうし、ならば店番が不如意になっても仕方があるまい。

とは言うものの。

まあバイトなんだろうけれど、微妙だと思う。

懸命に勤めあげたとしても、勤めあげたその先はどうなるのだろう。

じいちゃんが復活したらお払い箱になるのか。復活しなかったとして、その場合こっちがばあちゃんになるまでバイトを続けなければいけないのか。赤の他人なのだから店が嗣《つ》げるという訳でもなかろう。孫の嫁に的な話もまずないと思う。そもそも孫は既婚者で、小田原のカマボコ屋に勤めているとかいう話だし。

考えてしまった。

考えるだろう、それは。

引き受けた以上はちゃんとやりたいし。ちゃんとやるというのがどの程度のことなのか判らないし。だから考える時間をくれ、いいや一週間くらいは遊ばせてくれよと親に頼み込み、そして結局ぶらぶらしている訳である、私は。

都内の私立高校に進学が決まって、その学校は全寮制だったので、それを機会に家を出た。大学は地方で、卒業後は東京の企業に就職が決まったので、そのまま都内にマンションを借りた。ところが就職先があっという間に倒産してしまい、結局バイト生活を余儀なくされた。

そんな訳で、実家で暮らすのは十年ぶりくらいだ。

生まれてからずっと、十数年もの間暮らしていた家ではあるのだし、街並みも何もかも、住民すらもほとんど変わっていないのだから、懐かしいといえば懐かしい。住み慣れた感は強い。でも、まあ帰って来て良かったなあとか、ここでずっと暮らしたいなあとか、やっぱり実家がいちばんだ、とは思えない。

結構厭なのだ。

家族の折り合いが悪いとかいうことはない。

両親とも、兄夫婦とも、甥や姪とも、祖母とも、何の確執もない。水島家はあまりものを深く考えない家風であり、兄嫁もその家風に馴染んでいる。三世代揃って嫌味なくらいのほほんとしたナカヨシ家族なのであって、私もその例外ではない。

地域住民との関係も良好の筈である。団子屋が勧誘にくるくらいなのだから嫌われてはいないと思う。

それでも私は、この家が厭だった。

この場合、家というのは家族とか家系とかいう意味ではない。

そのまんま、家屋、という意味である。変なのだ、この家は。

子供の頃は引っ越したい引っ越したいとだだを捏《こ》ね、長じてからは家を出たい家を出たいと願った。寮に入ると決まった日には小躍りしたものだ。本当に小さく踊ったくらいだ。

変なのだ、本気で。

家族はよく平気だなあと思う。

何と言っても――。

シリミズさんを祀っている。

だからそれは何？　という話だろうと思う。

当然、誰にも何のことか解らないだろう。まず、私自身よく解っていない訳で。そもそもどういう字を書くのかシリミズさん。普通に尻水さんなのか。他に字を思いつかない。まさか最近流行りのヤンキー系な命名みたいに、死利魅頭とか書く訳でもあるまい。だからといって知不見《しりみず》とか、そういう賢そうな書き方は似合わない。それはカッコ良過ぎると思う。そんないいものじゃない。

大体、〝様〟じゃなくて〝さん〟なのだ。

その辺のおじさんと変わりない。向かいのおばさんと同じようなものである。敬称かどうか怪しい。さんも含めて名前なのかもしれない。それならば呼び捨てである。シリミズサンが名前なら、それはもう日本語の語感じゃない。

どこの国のものなんだ。

いや、和モノであることは間違いないと思うが。

同時にそんなに敬われてはいないことも間違いないだろう。

それでも、祀られてはいるんだと思う。だから、神仏的なものではあるのだ。

ただ、先祖ではないし神様でもない気がする。敢えて言うなら屋敷神《やしきがみ》のようなものだと説明するしかない。屋敷神って何と問われても、実は上手《じょうず》に答えられない訳なのだが、近いんじゃないかと思うのだ。それらしい本で読んだだけで、詳しく知らない。耳学問ですらない。ま、屋敷神というのは個々の家で祀っているローカルな、パーソナルな、スケールの小さい神様とかいうような意味なんだろう。

たぶん。

いずれにしろシリミズさんは、その手のものだ。

生まれた時からある——というよりいるのだし、どこの家にもそれはあるものなのだろうと、ご多分に漏れず私もそう思っていた。

でも、私の場合、思いの外そうした思い込みの期間は短くて、小学校にあがるくらいの時分には、もうそれは家《うち》にしかないものなのだと知っていた。

ただ取り分け我が家が特殊だと考えはしなかった。まあ犬を飼っている家もあれば小鳥を飼っている家もあるのだし、祖父母がいる家もいない家もあるのだから、そういうものだろうと考えていた。

それぞれである。

祀っているといっても祭壇があったりお社《やしろ》があったりする訳ではない。

ただぽつんと置いてある。

奥の間の、古い箪笥《たんす》の上である。

せめて床の間にでも置けば良さそうなものだと思う。

その部屋にも床の間はあって、そこはがらんと空いている。用事がなければ行かない部屋なので、空きっ放しである。稀《まれ》に、思い出したように花が飾られたりする。正月には鏡餅が置かれる。でも、そうでない時はほこりが溜まっている。

掃除もあんまりしないのだ。

簞笥のほうは、どうにも古い。大正時代か、明治時代のものだと思う。漆塗りっぽい、葡萄茶《えびちゃ》と黒の斑《まだら》模様の飾り簞笥で、あちこち磨り減っている。取っ手は南部鉄みたいな黒い金属で、重たくて硬そうに見えるが実はそうでもない。中一の時にひとつ捻《ね》じって曲げてしまった。慌てて元に戻したが、ちょっとひしゃげた。ひ弱な金属なのである。簞笥自体、新しくはないが大したものではないのだ。

その上に、シリミズさんはぽん、と置いてある。

大きさは小振りのテディベアというか、大振りの赤ん坊というか、その程度の大きさで、一応人間っぽい形ではある。まあ、人形なのである。

手足は短く頭が大きい。

抱き人形として作られたのであれば、まあ出来損ないだろう。デフォルメされているというより縮尺を間違えている。

多分木製だ。

木彫りのパーツを組み合わせ、表面に胡粉《ごふん》を塗って仕上げたのだと思う。

元は綺麗だったのかもしれないが、その頃の姿を想像することができない。ただでさえ薄汚れているのに、胡粉も六割方剝がれてしまっていて、木目やら継ぎ目やらが露《あらわ》になっており、汚らしいことこの上ない。ところどころは罅《ひび》割れていて、剝き損ねた茹《ゆ》で卵みたいでもある。瞼《まぶた》なんかは取れてしまっていて、目玉が剝き出しになっている。それはもう怖い顔になっている訳だ。

目玉だけは材質が違う。ガラスというか、陶器というか、そうしたものが嵌《は》め込まれているようなのだが、瞳は左右バラバラの方を向いている。何処を見ているのか判らない。それはまあ、不気味だ。

植えられた髪の毛も、ぼつぼつとした黒い穴を残して粗方《あらかた》抜け落ちていて、悲惨な感じになっている。どことなく蒸し焼きになった人みたいな感じだ。蒸し焼きになった人に会ったことはないのだが。

段々そうなったのではなく、最初からそうだった。少なくとも私には、綺麗な状態のシリミズさんの記憶はまったくない。母にもそれはないらしい。試しに祖母に尋いてみたところ、祖母が子供の頃にはもうこの状態だったのだそうだ。

相当古いのだ。

誰が作ったものか、たぶん手作りだと思うのだけれど、明治時代か大正時代くらいの児童が着ているような衣服を着ている。色も柄も古めかしくて、布も擦り切れそうな程に薄くなっているし、埃と脂をたっぷりと吸い込んで、それはもう煤けまくっている。

触ったら破けるだろう。

そのボロ服の上に、涎《よだれ》掛《か》けだか前掛けだかそういうものを着けているのだが、それももう白くない。欲目に見てもグレーだろう。染みも沢山ついている。

カレーうどんを食べた幼児がつけていたエプロンを洗濯せずに一箇月くらい放っておいたような具合だ。

投げ出された足の裏も真っ黒だ。

その真っ黒な足の裏を見ながら私は育った訳である。小さい頃は足の裏しか見えなかったのだ。だから幼い頃の私は、シリミズさんというのは足の汚い人だくらいに思っていた節がある。背が伸びるに連れて段々に姿が見えてくる訳だが、最初に顔を見た時は心底驚いた。

いや、だって。

祀るか？　こんなもの。

いや、祀る祀ると言っているのだが、我が家ではいわゆる儀式的なことや祭礼的なことなどは何もしない。

祝詞《のりと》もお経も何もあげない。手を合わせることも頭《こうべ》を垂れることもない。賽銭を上げたりお祈りしたりもしない。目を合わせることもない。

とにかく何もしない。

ほったらかしだ。

無視である。

でも、毎日湯呑みで水をあげる。供えるというより、あげるのだ。植木なんかと同じレヴェルである。それも大した水じゃない。水道で適当に汲んでポイとあげるだけだ。

いつからそうしているのかまるで判らないのだが、祖母か、母か、とにかく女があげることになっていた。

中学になってそれは私の日課になった。

意味が解らない。

まあ、もしかしたらこの水は乾燥を防ぐために置くだけのものなのかもしれないなどと考えた。

こんなに傷んでいるのだし、いまさらそんなことをしたって焼け石に水だと激しく思うが、きっと綺麗だった頃からの習慣なんだろうと、私は思うことにした。こうしたものは——まあこうしたものといってもかなり昔の状態を指している訳だが——湿気とか乾燥とかに弱いと聞いた。座敷がある建物はやたらと乾いているし、胡粉なんかには悪い環境のような気もする。だからきっとメンテ用なのだ。そう考えた。

その時は、である。

しきたりだのまじないだのというものは、大方そんなものだろう。

元々何かのためにしていた筈なのだけれど、その〝ために〟がいつの間にかなくなって、ただ〝する〟だけになってしまうのである。本来意味のある理に適った行為であっても、その本義が失われ行為だけになってしまえば、ただの無意味な行いである。形骸化、というのだろうか。

まあ、そんなものだろうと、実際考えていた。

シリミズさんの部屋は特に乾燥しているようで、湯呑みの水は一日経つと半分くらいに減っていた。なくなっていることもあった。蒸発するのだ。

乾いているのだ、からからに。古いから。

だから夏場でも水をあげるのだろう。とはいうものの。

それが水遣りの真相なら、そのメンテナンスはまるで効かなかったことになる。シリミズさんには潤いなどカケラもないのだ。カッサカサのパッキパキだ。この悲惨な状態が、毎日かかさず行われる執拗な湿度管理の結果であるとするならば、それはもう壮大な無駄だったということになるだろう。作業も、水道代も。

もし効いていたというのならこの傷みは経年劣化ということになるのだろうが、だったらどんだけ年数が経ってるんだよという話である。正倉院《しょうそういん》の御物《ぎょぶつ》だってもっと綺麗だ。家は相当古いのだけれど、正倉院ほど古くはない。

我が家はどうも増築に増築を重ねた、継《つ》ぎ接《は》ぎの——旧家だ。

道路に面した部分は比較的新しい。まあ、そこは店先ということになる訳だし、事務所やら何やらも兼ねている訳で、それはまあいいだろう。たしか私が中二の頃に建て直したのだ。建て直したといっても全部壊して新築したという訳ではない。文字通り建て直したのだ。

続く母屋の方は古いままである。

その母屋も、最低三度は増改築を重ねており、いちばん古い部分は築七十年にはなるだろう。ところどころで時代が違う。壁も、京壁やら漆喰《しっくい》やらパネルやらがちぐはぐに連なっている。

さらに、その先がある。

母屋は繋がっているのだ。別の建物と。

いや、本来はそちらが我が家であったのだ。

そちらの方はもっとずっと古い。建てられてから、軽く二百年以上は経っていると思う。まるで時代劇に出て来るような屋敷なのだ。既に文化財の域である。

ただ、この建物は文化財にはならない。どう考えても無理である。

それはもう適当に手を入れ続けているからだ。

屋根といわず床といわず柱といわず、継いだり接《は》いだり、修理をしたりちょっとだけ改築したり、もう原形を留めていないのだ。たしかに古い建物ではあるのだが、細かい部分では違う。ざっくり古めかしいだけで、いったいいつの時代の建物なのか判らなくなっている。

要するにただ古びただけの、変梃《へんてこ》な建物になってしまっているのだ。

きちんと保存されていれば県指定文化財くらいにはなっていただろうと思う。そう思うと少し残念でもあるが、ずっと使っているのだから当たり前といえば当たり前のことでもある。

住んでいるのだし。

いや――。

そうでもない。住んではいないか。

一応使ってはいる。ただ住んでいるのは後から建てた母屋の方だ。家族は主に母屋で暮らしているのだ。

うちの家族はそんなに多くない。テレビに出るような大家族なんかではない。

ここ十年で兄夫婦に子どもが生まれて二人増えたが、祖父が亡くなって、私も家を出ていたのだから、差し引きはゼロである。私が戻ったって八人だ。四世代八人は、そんなに多くもないだろう。

母屋だけで充分である。部屋は余っている。三軒も繋げた旅館みたいな家なんか要らない。

古い家がまずあって、それが増殖するようにして母屋ができあがって、やがて生活の拠点が母屋に移り、更に仕事場として店舗の部分が作られた――ということなのだろうが、古家を壊したくなかったのだとしても、敷地は厭という程余っているのだから、空いている処に新しく建てれば良かったというだけの話である。別に繋げて建て増しする必要はない。何故に増築だったのか、そこが判らない。

古家と母屋と店舗の三つは、庭を囲んでコの字型に建っている。

シリミズさんの祀ってある座敷は、その古家の奥座敷である。

奥座敷に限らず、古家は全体が乾燥している。喉《のど》にもお肌にも悪い。桟《さん》だとか鴨居だとか、もうかさかさに乾いている。火をつければそれは良く燃えるだろう。

古家は使っていないから、基本ほったらかしだ。廊下以外は掃除もしない。沢山ある部屋は、年に一度も開けられない。何十年も開けていない部屋もあるかもしれない。何処《どこ》も彼処《かしこ》も乾いた埃《ほこり》の匂いに満ちている。

ただ、奥座敷だけはそれなりに掃除をし、稀に花など飾るのだ。正月には鏡餅まで飾るのだ。正月だからといって別に行く用事もないのだけれど。いいや、一年を通じてそこに用があることなどはないのだ。

そんなだから奥座敷の鏡餅は誰に見られることもなく、また食べられることもない。

母屋の方に飾る餅は、鏡開きの時に何とかして食べる。カビが生えていたってコソぎ取って食べる。煮たり揚げたりしてでも食べる。でも奥座敷の餅は、まあたぶん忘れられているのだ。うちの家族はそんなに几帳面ではないからきっと飾ったことを忘れているんだと思う。でもって気付いた時に捨てられる。こちらはどういう訳はカビが生えない。もう乾き切ってひび割れて、二回りくらい縮んでいる。お湯に浸けようが揚げようが焼こうが、食べられるものではない。鉄のように硬い、餅のミイラである。完全な無駄だ。でも飾る。

シリミズさんがあるからである。

つまり、祀られてはいるのだろう。

祀っているから建物を壊さなかったのか。

なら、古家部分はシリミズさんの家なのか。まったくふざけた話だ。

東京や地方で暮らしている間、私はシリミズさんのことなんかただの一度も思い出さなかった。

忘れていたというより、脳の中から完全に抹消されていた。それなのに、この家の敷居を跨《また》いだ途端に、私は忘れていたことを忘れた。そして当たり前のように母に尋いた。

いま、シリミズさんには誰が水をやっているのか――と。

まったく忌々《いまいま》しいったらない。そんな自分が厭になった。

水は母があげているのだそうだ。兄嫁にはさせられないわねえと、母は言った。

尤もなことだ。どう見たって汚らしいだけの人形である。普通は捨てる。飾っておくのは明らかにおかしい。しかも誰も見ない場所にひっそりと飾って、毎朝水をあげるなんて、曰く付きとしか思えない。

髪が伸びるとか夜歩くとか、そういうバカバカしい、人形の祟りみたいな話は、もう何十年も前から繰り返し繰り返し語られる訳で、そういうもんかと思われたって仕方がない。まあ、そういうのはどれもインチキである。インチキでなくたって勘違いとか見間違いである。そうでなければ気の所為《せい》だ。

人形は、人を象ったものではある訳だから、人に似ている。似てはいても人ではなくてモノである。だからどことなく気味が悪いモノではある。念を込めようが執着しようが、モノはモノでしかない。どんなに形が似ていたって人ではない。人が祟る恨むというのは解らないでもないが、モノはモノである。

そんな気になることもあるかもしれないが、理《ことわり》が立たないと思う。可愛がられていたのに捨てられちゃった恨みというのも解らない。可愛がられたなら感謝しろと思う。持っていた人間の念が籠るというのも解らない。そんなに好きならあの世に持って行けと思う。

それでも、まあそれっぽい理屈が付いているなら、ウソでもそんなものかと思う訳だが。シリミズさんに至っては、まるで意味不明である。

まず、可愛がられてないし。大事にもされてないし。

持ち主だって解らない。家にあるのだからうちのものではあるのだろうが、あんなもの、いったい誰が買ってきたのか。いや、先祖の誰かなのだろう。もしかしたら先祖が作ったのかもしれない。そうなら。

――下手だよ、先祖。

そう思う。気持ち悪いだけである。

そんなモノが祀ってあるというだけで、厭だ。

でも、シリミズさんは置いてあるだけで、別に何もしない。

というか、する訳もない。水をあげるのが面倒だというだけである。見なければ気にもならない。あってもなくても構わない。天井裏の鼠《ねずみ》の糞《ふん》程度の厭さ加減でしかない。

私がこの家が嫌いな理由は、また別にあるのだ。

いや――まだ他にもある、と言うべきか。

変なのだ。

変なことが起きるのだ。

いわゆる心霊現象だとは思わないし、怖いかと聞かれれば、そんなに怖くないと答えるしかないのだけれども、決して楽しくはないし、やっぱり厭だ。

厭な家ではあるのだ。

まず、母屋から古家に続く連結部分が変だ。連結部分といっても、単なる廊下なのだが。安普請の温泉旅館の渡り廊下のようなものである。

ここを通ると、五回に一回くらい、

「さむい」

という声が聞こえる。

夏だって聞こえる。全然寒くないのに。いや暑いから夏場は。

男の声だと思うが、違うかもしれない。板が軋《きし》る音なのかもしれないし、壁が歪《ゆが》む音なのかもしれない。お婆さんの声のようにも思える時もあるし、動物の鳴き声なのかもしれない。でも、聞こえる。

母や祖母に尋いてみると、

「ああ、聞こえるねえ」

と、言われた。だから何だという話である。

聞こえるだけなのだし。

それから、古家のトイレの——トイレというより便所とか厠《かわや》というべきロケーションなのだが、その便所の明かり取りの窓に、脚が見える。

窓はわりと高い処にある。

でも、脚は地べたを歩いている。丁度、窓のすぐ下が地面であるかのようにぺたぺたと歩く。二歩から三歩で通り過ぎる。だから一瞬だ。白い、裸足の、女の脚に見える。

大人の脚よりも二回りくらい小さい。でも、子どもの脚ではない。縮小コピーしたように、少し小さい。それが歩く。

ぺたぺたと、足音まで聞こえる。

でも、そこは空中だ。

地上から一メートル五十センチは上がっている。

まあ、トイレは母屋にも店舗部分にもあるのだし、家族はそちらを使っているのである。そんな古いトイレは誰も使わない。と、いうか完全に使っていない。三十年以上は使っていないのではないだろうか。そんな処に用はない。だから全く行かないのだけれど、行けば必ず脚は見えるのだ。

必ず見えると言ったって、年に一度も行かない訳で、私も中学を卒業するまでの間に五回見ただけだ。

最初は錯覚だと思って、次に見た時は前に見た時のことを忘れていたのでやっぱり見間違いだと思って、三度目にああ前にも見たなと思ったのである。

どうやら祖母も、兄も見ているらしい。でも気にしていないのだ。どうでもいいことだし。

誰もいない時、あの脚はどうしているのか。人が行く時だけ歩くのか。それまで何年でもスタンバイしているのか。それとも誰もいなくても歩いているのだろうか。誰もいない便所の窓を通り過ぎる脚って——。

いずれにしても徹底的に無意味である。

一度、裏に回ってみたことがある。

便所の窓の下の地面には、どういう訳かイモリが大量に死んでいた。

本気で訳が判らない。縮尺八十パーセントの女の脚とイモリは無関係だと思う。

母屋でも怪しげなことは起きる。

勝手口からサンダルで入ると、脱いだサンダルは必ず九十度横になっている。

どんなにきちんと揃えても曲がる。脱ぎ飛ばしたり脱ぎ散らかしたりしても同じである。わざと裏返してみたりしたこともあるが、それでもちゃんと引っ繰り返して横向きになっていた。何をどうしてもサンダルは横を向くのだ。右を向くか左を向くかは決まっていない。左右反対を向いていることもある。

まあどうでもいいといえばどうでもいいことなのだが、次に履く時に履きにくくて仕様がない。

靴や草履だと平気である。

何なんだ。

それからごく稀に、茶の間の天井の節穴から指が出ていることがある。

人差し指だと思う。

ただ出ているだけだ。気がつかないことも多いのだと思う。

気がついたところでどうということはない。ただ出ているだけなのだ。

三十分くらい眺めていると、くいっと指を曲げたりもするが、それで何かを示したいとかいうこともないようである。引っ込むところや出て来る途中は、見たことがない。

いつの間にか引っ込んでいる。

爪もあるし関節もあるのだから、まあ指なのだ。

割と細い指だが、色は白くないから便所の脚とは別人だろう。

とことん無意味だ。

怖くもない。大体、脚を見るのも指が出るのも真っ昼間なのである。

思うに、何かいるのだとしても、そいつは夜、寝ているのである。きっと。

——いやいやいや。

何もいないだろう。幽霊なんかではないと思う。妖怪とも思えない。

強《し》いていうなら現実が歪《ひず》んでいるのだと思う。見間違いではなく、世界の在り方が間違っているのだ、我が家は。いずれ何かの間違いなのだ。

だって間抜け過ぎるだろう。

本で読む怪談はもっと怖い。怖いというか、禍々《まがまが》しい。陰気で忌まわしい。おぞましくてぞっとする。陰惨でおどろおどろしい。祟《たた》られて死んだり呪われて不幸になったりする。体調不良になったり一家離散したりする。要するに世に謂《い》う霊障というやつがある訳である。

我が家の場合は珍妙というしかない。サンダルが履きにくいだけである。

実害もない。アホらしい。

くだらない。

まあ、家族はみんなそう思っている。だから気にする者はいない。私も気にしてはいなかった。でも、そうはいっても妙は妙なのだし、そんな家はやっぱり好きにはなれないのだ。

好きになれないという意味では、私がいちばん嫌いなのはその変な建物に囲まれた中庭だったりする。

中庭は厭だ。

我が家は造園業を生業にしている手前、庭は中々に立派である。松だの梅だのの枝振りも良く、それは私も好きだ。低木も、庭石も、生け垣も、四季折々にとても美しい。プロの仕事なんだから当たり前なのだが。

ただ、そこにも変なものが出る。というか涌く。

涌くのは真ん中の池だ。

池にはご多分に漏れず鹿威《ししおど》しなんかがついていて、貧弱な錦鯉《にしきごい》なんかもにょろにょろ泳いでいて、もうどこから見ても日本庭園ド真ん中の、実に池らしい池である。それ自体には何の文句もない。池に不満はない。

ただ、たまに涌く。

何がって、まあ例によって何だか解らないものである。

最初に見たのは小二の時で、その時はちょっとびっくりした。

人間の形――はしている。

でも、厚みがない。

ぺらっぺらである。

大きさは人間よりやや大きめくらいなのだが、ぺらっぺらなのだ。半紙を人の型に切り抜いたようなものだ。色も真っ白である。

で、顔のところに、顔が――。

描いてある。

と――しか思えない。筆書きだ。きっと墨汁だ。それで、下手だ。

下手なのだ。もう悪戯描きである。歪《いび》つだ。目の大きさも左右で違うし、鼻も口も描き殴ったようで、流れている。威張った兵隊みたいな髭なんかも描いてある。眉毛なんか墨を溢《こぼ》したみたいだ。それなのに、多少表情が変わる。

キモチワルイのだ。ぺらっぺらだし。

それが、海中の昆布みたいにゆらゆらと、池の真ん中に生えてくる。濡れているから、いっそうに気味が悪い。でもってそれは、例に依って例の如く、何もしないのである。

ただぺらぺらしている。

これも、出るのは真っ昼間だ。いつ出るのかは判らない。気紛れだ。

多分、誰も見ていない時も勝手に生えてきて、ぺらぺらして引っ込むのだろう。その辺がまあ何とも、厭なのである。見ると、一日駄目な気分になる。不吉というよりも気が萎《な》える。

遣る気を失うのだ。がっかりしてしまう。

アンラッキーな感じとでも言おうか。それって不吉の英訳なのだろうか。

このぺらぺらは主に私だけが見るらしく、祖母も見たことがないと言う。そこがまたがっかりである。

真《まこと》に遺憾である。

最初は泣きそうになった。でも、私は泣かなかった。あまりにもバカバカしかったからである。その後、四回くらいは見た。見るたびに落ち込んだ。最後に見たのは中一の時で、こんなものが涌いて出るような家には住みたくないなと、その時はっきりとそう思った。それまでも厭だったのだが、このぺらぺらを次に見てしまう前に絶対家を出るんだと、私はその時決心したようなものである。

で、まあ私は家を出た訳だが。

——帰って来てしまった。

迂闊《うかつ》だったなあと思う。

勢いに任せてバイトを辞めたりしなければ良かった。男と別れるくらい何てことないじゃないか。あんなぺらぺらを見るくらいなら、ジョウシに無理矢理居酒屋に誘われてまずい酒飲まされて猥談聞かされてた方がマシだった気もする。

とはいうものの、背に腹は代えられない。

まあ、庭に行かなきゃいいことである。

茶の間の天井なんか見る必要はないし、勝手口からサンダルで家に入らなきゃいいのだし、古家の便所なんか行かなきゃいいのだ。

そうすれば、まあ別にどうということはない。私の見ていない処でぺらぺらしていようと脚が歩いていようと、別に関係ないのだし。

まあ想像するとやや厭なのだが。

そんな、少々イカレた家のあれこれが、私を団子屋のバイトへと踏み切らせる障害になっている訳である。それがなければ今頃もう、私は団子を売っている。

「和美《かずみ》」

母が呼んでいる。朝食の支度を手伝えとか言うのだろうと、寝癖のついた頭のまま台所に行ってみた。

「あんた、ぶらぶらしてるんならさ」

「いやいや、その言い方はやめて欲しいな。ぶらぶらしてるんじゃなくて休んでいる訳ね。現在は休養中なんだから」

「ぶらぶらしてるじゃない」

そうなのだが。

「シリミズさんのお水あげて」

「は？」

「あげなさいよ。あんた、ずっとあげてたでしょ」

「昔の話じゃない」

「あのね、もう何度も言ったけども、どうせ覚えてないんでしょ。今日は保育園の運動会なの。隆男《たかお》と智子《ともこ》さんはお弁当作ってもう場所取りに行ってるの。あたしだって孫の運動会を見たいのよ。お父さんは現場だから行けないでしょう。ビデオくらい撮って見せてあげたいじゃないよ」

「あげれば」

「だからもう出発したい訳。いつまでも寝てる娘の面倒なんかみたくないの」

ついでにシリミズさんの面倒もみたくないのだろう。

たしかに外出の準備は整っているようである。

「ばあちゃんは？」

「ばあちゃんはリウマチなの。運動会だって諦めるって言ってるのよ可哀想に。いいからあんたがあげなさいよ。何分もかからないじゃないよ」

母は湯呑みを突き出した。

実際、何分とかからない。水を汲んで置いてくればいいだけなのだ。私は母が言うようにぶらぶらしている訳で、断る理由は何もない。

でも、根本的な問題として、だ。

どうしてもしなきゃいかんのかい。水遣り。

で、もし水をあげなきゃどうなるというんだよ。

ほら早く、と母は言う。

私は不承不承湯呑みを受け取った。私に湯呑みを押し付けるやいなや、母はそそくさと出て行った。

運動会なら仕方があるまい。

私は湯呑みを持ったまま暫く呆けて、それから一人で朝ご飯を食べた。お弁当のおかずの残りがあったので結構豪華な朝食だった。いや、食べ終わった頃には十時を過ぎていたから、朝食というには遅いか。

ゆっくり食べて、食器を片づけ、それから水を汲んだ。

お盆に載せて古家の方に向かう。

気が乗らない。

途中に祖母の部屋があるので、寄った。

祖母は丸くなってテレビを観ていた。

「あのさあばあちゃん」

「あ？」

「シリミズさんに水あげないとどうなる訳？」

「あ？　そんなん、あげなかったことないから知らんよ」

そうか。欠かしたことないのか。勤勉だなあ日本人。しかも保守的だ。

「じゃあさ、あれは、その、どうしてうちにあるの？　何かありがたいの？　御利益とかある訳？　守り神みたいな感じ？」

「あ？」

祖母は首を傾げた。

「いやあ、そういうモンじゃあないわ」

「じゃあ何であるのよ。捨てればいいじゃないあんな汚いの」

「いやあ。そうはいかんよ。捨てちゃいかんさ。大体」

触れないようと祖母は答えた。

触れないんだ。じゃあ、怖いものなのだろうか。触ると祟るのか？

「毎朝横んとこに水あげればいいんだから。それだけだから。簡単だから」

「まあ、わかったし」

知ってるし。

私は已《や》むなく奥の間の方に歩を進めた。ただ――。

――朝じゃないよなあ。もう。

連結部に至る。

家の連結部というのはおかしいのだが、そんな感じだ。

「サムイ」

ああ寒い寒いと答えた。

やたらと久し振りに聞いた。やっぱり男の声だ。

廊下の窓からは庭が見える。やたらとよく見える。見ないように見ないようにしていたのだけれど、見えるものは見える。

五葉松が見える。枝振りが良くなっている。

手前の紅葉《もみじ》は、逆に貧弱になった気がする。

石燈籠は前より苔生《こけむ》したんじゃなかろうか。いい感じに古びたものだ。とか思っているうちに――。

――あ。

池から。

ぺらぺらが涌いているじゃないか。いやはや、何年振りだろう。何度見たってがっかりだ。

キモチワルイよ。

いや、実際紙だろあれ。顔が更に下手糞だ。記憶よりさらに下手になっている。もしかして出るたびに描き直しているのだろうか。なら間抜けだ。

ああキモチワルイ。早く引っ込め。

——いや。

変だ。動きが変だ。紙っぺらの白いヤツが、ぺらぺら動いている。昆布のようにくねりながら——。

——陸《おか》にあがった。

あれは脚があるのか？　いや、あるけど歩けるもんなのか？

ぺらぺらは既に、五葉松の陰から私を覗き見ている。見えるのかあんな悪戯描きの眼で。ズレてるぞ。と、いうかどうする気なんだろう。

一刻も早く水をあげて戻らなくちゃ。あんな間抜けなものが存在する空間は歪んでいるよ。間違っているよ。私の暮らす健全な世界じゃないよ。

足早に渡り廊下を抜ける。

廊下は中庭に面した古家の廊下に続いている。縁側には後付けの硝子戸が付けられている。硝子戸の向こうは中庭だ。厭だな。奴がぺらぺら並走してるよ。紙のくせに何で走れるんだろう。しかも濡れてると思うんだけども。

追い越された。

一度曲がる。行き止まりは脚の見える便所で、その前をもう一度曲がると奥の間だ。

「あ」

ぺらぺらだ。

ぺらぺらが、どっかの隙間から屋内に入って来たんだ。いや、これはキモチワルイって。どうする気なんだろう。ぺらぺらは、廊下の床を濡らしながらぺらぺら進み、私より先に廊下を曲がった。

そっちは。

――奥の間じゃん。

行きたくないよ。厭だよなあ。

あれはそばで見たくないぞ。思いッ切りアンラッキーだぞ。いや、何か厭なことされるかもしれない。ああ、こんなことならさっさと水をあげに来れば良かった。うじうじしてたからこんなことになったんだ。

がっかりだ。

でも、仕方がない。水をあげるのが決まりなんだし。意味は解らないけど。

私は廊下を曲がった。

奥の間の障子が、ほんの少し開いていた。一センチくらいだけど。

――入ったな。あいつ。

いやあ、キモチワルイ。入りたくないよあんなものがいる部屋に。

大いに戸惑いつつ、私は障子に手を掛けた。まあいいか、殺されることもないだろうと、捨て鉢な気持ちで私は古びて煤けた障子を開けた。

黴と埃と、そんな匂い。

畳の上に、くしゃくしゃに丸められた奴が——転がっていた。洟をかんだあとのティッシュみたいになっている。ちょっと屈んで覗くと、顔の描き損じみたいなものもあるから、間違いなく奴だ。

弱いなこいつ。

というか、誰が丸めた？

私は箪笥の上を見る。

薄気味悪い、古くて汚い、シリミズさんがぞんざいに置いてある。

「悪かったよ」

私は、思い切り適当に湯呑みを置いた。少し溢《こぼ》れたかもしれない。

シリミズさんは、別に動きもしないし喋りもしない。ノーリアクションである。当たり前だ。人形だし。これはただひたすらに気味の悪いだけものだ。しかも古くて汚い。

——ああそうか。

だから触れないという話？　そうなのか、ばあちゃん。気味悪くて汚いから？

まあ、私もこれは触れない。触りたくない。だから、捨てられないと、そういうことなのか？　触れないのじゃ手入れもできないだろう。

相当気持ち悪いぞ、こいつ。

前より古びて、朽ちて、いっそう汚らしくなっている。

もうまともに見たくない。直視できない。

いや、たしかにこいつは触れない。もうずっとここにいてくれ。

――何でもいいよ。

私は廊下に出て、後ろ手で乱暴に障子を閉めた。

その後、私は団子屋のバイトを引き受けた。但し半年更新だ。汚らしく老けるまで団子を売り続けるのは抵抗がある。まだ若いし。

シリミズさんの水は、母が忙しそうな時だけ代わりにあげるようにしている。

三日か四日に一度くらいの割合だろうか。障子を開けて、乱暴に置く。敬う気持ちはまったくない。

でも。

あのぺらぺらな奴は、今でも畳の上に丸められて落ちている。

母も片づけはしない。

キモチワルイもんなあ。

杜鵑《ほととぎす》乃《の》湯《ゆ》

鄙《ひな》びた温泉地だというから、つげ義春《よしはる》の漫画に出て来るような場所を想像していたのだが、まるで違っていた。

そこは渓谷の古びた一軒宿でも、婆さんが一人で営《や》っている汚い民宿でもなく、ものの凄く巨大な、ショッピングモールのようなホテルだった。

これは何千人でも収容出来るなと思ったら、本当にそうだった。

ただ、ホテル以外には何もない。

裏側は山で、前は海だ。海といってもビーチはなく、堤防が巡らされている。入り江の端の方も護岸工事がされていて、海水浴は出来ない。釣りは出来ますよと言われたのだが、釣り道具の貸し出しをしているというならともかく、それはないらしい。温泉に釣り竿や釣り餌を持参する者がそうそういるとは思えないし、それを目当てに来るような場所でもないから、やはり何も出来ないのだろう。

山の方はただの山で、しかも鬱蒼《うっそう》としており、ハイキングが出来るような雰囲気ではない。遊歩道があるわけでもなく、散策すらも出来ないようだ。

建物が無駄に大きいので、背後に回るのさえ大変そうだ。

ホテルは、大きいが古い。

昭和四十年代前半くらいの映画に出て来るホテルのようだった。モダンというよりサイケの少し手前といったデザインやカラーリングの設《しつら》えが、まさにそのくらいの感じである。もう少し洗練されていて綺麗なら寧《むし》ろ今っぽいのかもしれないが、どことなく野暮ったくて、しかも薄汚れている。

古びて朽ちた様子から見ても、その時代を模したわけではなく、その時代のものなのだろう。築四十年というところか。もっと古いかもしれない。

規模のわりに駐車場が少ないのも、建てられた当時の時代性を反映している所為《せい》なのかもしれない。

ただ、大きさは尋常ではない。

入り江というか湾というか、その縁はすべて建物が塞いでいる。まるで防波堤か防風林のように聳《そび》え立っている。しかも見た目がちぐはぐだ。ちぐはぐというか、継《つ》ぎ接《は》ぎというのが正しいだろう。

まるで様子の違うホテルが四つ、無理矢理に繋げられているのである。

聞けば、元は四つ別々のホテルだったのだという。

見た目も違えば構えもそれぞれで、建て増したのではなく得手勝手に作ったことは歴然としている。それらが、後工事で接続されているのであった。

建物と建物は、無理な感じの渡り廊下で繋げられていたり、プレハブめいた繋ぎの建物で埋められたりしている。中央の建物にある正面玄関やホールは、四つを繋げた後に増築したものと思われた。

どういう事情なのか察し兼ねる。

合併したとは考えにくい。

四軒が競合していた時代が過去にあり、三軒は負けて、きっと潰れたのだ。そして勝ち残った一軒が競争相手の建物を居抜きで接収した、ということなのか。その上で、壊すのも何だから無理に繋げて一つのホテルにしてしまったのだろうか。

そんなことがあるだろうか。

いや、それ以前に、そもそもこんな辺鄙《へんぴ》な場所に同じくらいのスケールの温泉ホテルを四つも建てるものだろうか。

アクセスも良くないし観光名所もない。アトラクションも何もない。いくら湯が良くたって、ホテルは一軒で充分だと思う。旅館なり民宿なりが何軒かあって、商店街的なものがあって、要は人が住んでいて所謂温泉街が形成されているというのならまだ話は判るのだけれど、ここは完全に生活圏から孤立している。街道沿いでもなければ町からも遠い。湯治以外に来る用はない。

そんな場所である。

従業員だってきっと通いなのだ。

通いにくいから、シフトを組んでいるのだろうし、もしかしたら寮ぐらいはあるのかもしれないが、こんな土地で暮らしたいとは思わないだろう。まあ、生活用品一式はホテルの中だけでも調達出来てしまうのだろうから、不便はないのかもしれないけれど。

そうすると。

このホテルから一歩も外に出なくても生きてはいけるのだなあと、思った。

まあ、いけるのだろうが。

なんと莫迦莫迦しい想像だろう。

この中で一生を送るような莫迦は居るまい。

そんな場所だ。

そういう意味で、ここは慥《たし》かに鄙びた温泉地なのだった。本来なら木造平屋の変梃《へんてこ》な宿が一軒あるくらいで間に合ってしまうような処なのである。客だってその程度で充分に賄《まかな》えるのではないか。ホテルが一軒建った段階でもう一杯いっぱいだろう。それだって経営が成り立つのかは怪しい。それなのに、隣に同じようなものを建てようと思うものだろうか。しかも三軒も。

思ったのだろう。あるのだから。

いや、競うようにして四軒一緒に建てたのかもしれない。

それでも客は来ると考えたのだろうか。

あるいは昔はそれくらい繁盛していたということなのだろうか。

いや、それなら温泉地としての名称くらいは聞いたことがある筈だ。ここは温泉ガイドにも載っていないし、穴場をよく知る通人達の口からも聞いたことがない。まるで無名だ。昔から無名だったに違いない。それなら何か、客足を引く秘策でもあったというのだろうか。

いや、そんなものはなかったに違いない。あったのだとしても失敗《しくじ》ったのだ。現状を見るにその辺は明らかである。少なくとも、四軒中三軒の経営は破綻したに違いないのだ。今は一軒に纏《まと》まっているのだし。

しかし、四軒バラバラだと駄目だったのに、一軒ならいけたということか。いけないように思えるが、いけたのだろう。

規模も設備も条件も変わっていないのに、経営が統合されるだけでそんな劇的な変化があるものなのだろうか。多少の倹約はできるのかもしれないが、難しいように思う。

ひょっとしたら四軒とも駄目で、どこかが纏《まと》めて買い取ったのかもしれない。

徒《いたずら》に広いロビーには、昔のデパートの催事場のような売り場がある。土産物屋や売店ではなく、もう売り場というよりない。衣料品から貴金属まで売っている。喰い物屋もあるようだった。時代遅れのバスガイドのような制服を着た従業員がのろのろと行き来していて、客もそれなりにいるのだが、それも日本人ではなく中国人や韓国人ばかりであるように感じた。浴衣の着方が多少不自然だったからそう感じたのかもしれない。言葉が違っていたのか。その辺は印象で、定かではない。

湯は良い。

大きな岩風呂は気持ちが良かった。泉質は柔らかくて、それ程熱くもない。効果だの効能だのは、証明書のようなものの横にも筆書きでずらずらと書いてあったが、その横の、裸で歩かないでくださいという張り紙の方が面白かったから、よくは読まなかった。脱衣場は昭和時代の銭湯のような造りで、脱衣籠も竹編みの丸いものだった。番台がないのが不自然な程である。

扇風機が何故か何台も置いてあり、半分は壊れていた。

他にも温泉はいくつかあるという。それも当然のことで、元々ホテルは四軒だったのだから、風呂も当然四つ以上はある筈なのである。露天風呂もあるらしいが、積極的に誘導はされなかった。表示も出ていない。従業員に尋くと、建物の裏手に三箇所、それぞれ泉質の異なる露天の温泉が涌いているということだった。

東館の裏口から外に出て一分ばかり歩いた処に一つ、新館と西館の接合部から山の方に延びる渡り廊下を上り切った処に一つ。もう一つは、建物の中だそうである。二つは屋外にあり、一つはよくある大風呂から行ける露天風呂タイプなのだろう。そこが一番行き易そうだったが、それが何館にあるのかは、聞いたのだけれども忘れた。残りの二つはきっと遠い。

いずれにしても山の方なのだ。

ややこしいので行くのはやめた。

無駄に広くて入り組んでいるから、迷う可能性もある。

渡り廊下あたりは造りが適当っぽいし、たとえ建物の中であっても、迷ったりしたら湯冷めしてしまうかもしれない。多少は興味があったのだが、何だか疲れてしまっていたから、朝になってから行こうと決めた。

大風呂は十二時に一旦閉めるようだが、露天は二十四時間入れるらしい。

そうした表記もない。あるのかもしれないが、何処にあるのか判らない。本当に広いのだ。

正面玄関のフロントに総合案内のような表示はあったが、誰もいなかった。そもそもフロント自体に人がいなかったので、チェックインに手間取ったのだ。パンフレットのようなものも置かれていなかったと思う。

大体、そういう説明は普通、部屋に通した際に部屋係の仲居がするものなのではないのか。

案内してくれた部屋係の女性は、若そうなのだが老け顔で、愛想もなかった。

観光ガイドのような三角形の手旗を持って八階の部屋まで先導し、全員を中に入れるや否や、いなくなってしまったのだ。

茶も出されなかった。

せめて非常口の説明くらいするものではないのか。そういうことは何とか法で決められているのじゃないのだろうか。避難経路の説明板も見当たらない。

客あしらいのぞんざいな感じも、表示の判りにくさも、それは徹底して浮世離れしている。言葉の通じる外国というか、外界と遮断された田舎というか、いや、やはり時代がズレているというのが一番近いだろう。

ホテルそのものも、サービスもセンスも時代めいている。

時代めいているといっても、たとえば老舗旅館のそれではない。伝統や格式は微塵もない。歴史の重みも風格もない。ひたすら背伸びして、それでも不備だらけで、どうしたって拙《つたな》いところまでしか到達出来ない、半端な時代のそれである。

場末感というか、何というか。

レトロだのクラシックだの、そうしたものではない。キッチュでもなく、チープでもなく、何かこの状況を上手く説明する言葉があった筈なのだが、どうしても思い出せなかった。

何と言ったかなあ。

何かぴったりの言葉があったと思うのだが、どうしても思い出せない。どれだけ考えても引っ掛かりすらしない。そんな言葉はないのかもしれない。

露天風呂を諦め、部屋に戻った。食事の時間だけは決められていたのだ。

部屋食だということなので、多少は期待した。幹事の談に依れば、最近の客は口が肥えているから、こうした温泉ホテルでもそれなりのものを出さないと客足が遠退くのだそうだ。

慥《たし》かに去年みんなで泊まった温泉ホテルも、凡《およ》そ一流とはいいがたい処ではあったのだけれど、料理だけは凝っていた。京都の料亭から呼び寄せた自慢の板前が作っているのだと、女将《おかみ》も言っていた。まあ、旨《うま》かった。

宿泊料はそこよりもこのホテルの方が高《たか》いのである。だから他の連中は相当期待をしていたようなのだけれども、同時に、それはないだろうという予感も強く持っていたと思う。

茶も出さないのだ。

予感の方は見事に的中した。期待の方はあっさり裏切られた。

運ばれてきたのは既視感のある安っぽい料理ばかりだった。お品書きもない。海産物中心かと思ったらそうでもなくて、天麩羅《てんぷら》も冷たく味噌汁《みそしる》も冷めていた。お運びさんだけは和服姿だったのだが、こちらもまるで愛想はなく、結局飯も自分達で盛らなければならなかった。

ビールもあまり冷えていなかったので冷蔵庫の缶ビールを開けた。これならバイキング形式の方がまだマシである。その方が諦めもつくというものだ。バイキングなら不味そうなものは取らなければいいのである。

収容人数が多過ぎるのでこまやかな対応が出来ないのだろう。

出来ないというより、する気がないような気もする。

半端に解凍された蟹《かに》グラタンを食べながら、全員が苦笑した。

要するに温泉しかないのだ。

温泉に施設が乗っかっているというだけで、従業員はそのハコの中で来る日も来る日もルーティンワークを続け、それを代々申し送りして来たのだろう。何十年営業しているのか知らないが、そんなことを繰り返しているうちにサービスという概念が欠落してしまったのだ。

時間が止まっているようだ。

サービスを求められてもいないのかもしれない。それでも客は来るのだから、構わないのだろうか。ただリピーターがいるとは思えない。いるとしたら、この陳腐な雰囲気を面白がれるような、一種偏向した好事家《こうずか》だけだろう。

何と表現すればいいのだろうか。

この、様子は——レトロでもクラシックでもキッチュでもチープでもない。どれも近いけれど微妙に違っている。果たして何といっただろうか。このホテルを言い表すぴったりの言葉が何かあったと思うのだが、どうしても思い出せない。

日本語だったろうか。半端に昔臭くて、貧乏臭くて、駄目な感じの——。

ええと。

喉《のど》まで出かかったところで、名前を呼ばれた。

スプリングが飛び出そうになっている椅子から立ち上がる。

そういえばマッサージの順番を待っていたのである。

食事を済ませ、メンバーの半分は娯楽室に麻雀をしに行き、残りの者は部屋で酒盛りを始めた。

そこで思い付いたのだ。

ずっと左肩が張っていたのである。

本当は部屋に喚《よ》びたかったのだが、来てくれないのだった。電話口に出たフロントの老人の話だと、客室が多過ぎて対処出来ないらしい。移動するだけでも時間がかかって大変なのだそうだ。客が移動する分にはいいのかとも思ったのだけれど、考えてみればマッサージ師は何人もいないのだ。

客の方は掃いて捨てる程いる。

本館一階ロビー北側にマッサージルームがあるから予約して行けと言われた。

部屋では既に酒宴が始まっていた。

飲んでしまってはもう温泉にも入れないのだろうに。

だから、まあいいかと思って電話をした。これも愛想のない受付の女性が、今なら三十分待てば空くというので、散歩がてら部屋を出たのだ。

散歩といってもすべて館内なのだけれども、それでも西館の八〇五号室からマッサージルームまでは十分以上かかった。

妙におでこの張った、五十歳くらいの小柄な女性が、怒ったような顔で受け付けてくれた。

口吻《こうふん》を突き出すようにして喋るので、いったい何を言っているのかよくは聞き取れなかったのだが、どうもコースを聞いているらしかったから、張り紙を見て一時間のコースを頼んだ。

三十分くらい待てと言われて、待合室に通された。

電話してから十分は経過しているのに、待ち時間は変わらないらしかった。順番が来たら名前を呼ぶからそれまで座っていろと、そんなことを言われたのだ。

通されたのは寒い時期ではないのに妙に冷え冷えとした殺風景な部屋だった。くたびれたソファの横には黄緑色のひしゃげたカラーボックスがあり、下の段には古雑誌がぞんざいに突っ込まれていた。

一冊抜いてみると、平成二年の週刊誌だった。もっと古いのもありそうだった。上の段には昭和時代のアダルトコミックと、何故か『ガラスの仮面』の七巻、カバーがなくなった『フリテンくん』三冊と、聞いたことのないやくざ漫画が何冊かあった。

一番新しそうな『ガラスの仮面』を抜いて奥付を確認してみると、驚いたことに初版だった。一九七八年発行であるから、全然新しくない。新しくはないが、読まれた気配もない。スリップまで挟まれている。

新品のままなのだ。七巻だけしかないので、誰も読まないのだろう。三十年以上も手付かずで放置されているのである。

もしかしたら誰かの忘れ物がずっと置かれているだけなのかもしれない。

待合室の壁には、正体の判らない大きな染みがあった。人間の形のようにも見えるが、親指を突き出した握り拳にも見えた。まあ、何の形でもないのだ。赤茶色のペンキでもぶちまけたかのようである。こんな場所でそんなことをする人間はいないだろうから、経年の汚れなのだろうが、それにしても酷《ひど》い色合いである。脂《やに》や油の汚れとも思えない。他の部分はやけに白いし、どうにも不自然である。

そんな壁を見ながら——。

このホテルを言い表すのに適した言葉をぼんやりと考えていたのだ。順番を待っていることすら忘れそうだった。もう少しで思い出せそうだというところで、名前を呼ばれたのである。

「須賀《すが》さん。須賀さん」

はいはいと返事をして、声のする方に進む。

最近見かけなくなった玉暖簾《たまのれん》をじゃらじゃらと潜る。

薄暗い廊下に出た。

施術室がいくつか並んでいるようだった。扉はなく、やはり玉暖簾が掛けられた入り口が四つ口を開けていた。

さてどの部屋かと思っていると、真ん中の玉暖簾の隙間から白衣を着た大柄な男が顔を出した。

サングラスをかけていて、明後日《あさって》の方角に顔を向けている。

目が不自由なのだろう。

「須賀さん」

「はい」

こちら、とくぐもった声で言って男は引っ込んだ。

男というより老人に近い。

覗くと、十二畳程度の窓のない部屋に、施術台が三つ並べられていた。

奥の方と手前の方に浴衣を着た男が俯《うつぶ》せに寝そべっている。手前の客の腰を白衣を着た初老のマッサージ師がぎゅうぎゅう圧《お》していた。奥の客は脚を揉まれている。どちらの客も無反応で、まるでゴム人形のようだった。

「真ん中にどうぞ」

と、言われた。

着替えなどはしなくて良いようである。貴重品はここに、と籠のようなものを差し出された。部屋付けだと聞いていたから財布も持っていなかったし、腕時計だけを外して入れた。

顔のところに穴が開いたマッサージ用の寝台である。

俯《うつぶ》せです、とマッサージ師は言った。

スリッパを脱いで寝台に乗り、顔を穴に合わせて俯せになって、目を閉じた。

「何処がいけませんか」

「左肩が張っていて、凝《こ》りが頸《くび》まできていてね」

「はあ」

聞いているのかいないのか、男は右肩に取り付いた。

「いや、その」

「右側の張りが左に出ます。目の疲れと腕の凝りが原因です」

「そういうものですか」

どちらからいらっしゃいましたと尋かれた。

「関東です」

「それはまた遠くから。お仕事ですかな」

「いやあ、まあ、社員旅行のようなものです」

本当は違う。

古い友人ばかりで示し合わせ、年に一二度湯治がてら物見遊山《ものみゆさん》に出掛けることにしているのだ。幹事回り持ちで、もう六年も続いている。ただ説明がしにくい。同年代の男ばかりだから、社員旅行だと言っておくのが無難なだけだ。

ここの湯はいいですよとマッサージ師は言う。

中々上手である。たいそう気持ちが良い。

右肩から肩甲骨《けんこうこつ》の方に指が移る。ぐいと圧されると筋全体に響く。

　強さはいかがですと言うから丁度良いと答えた。親指なのか人差指なのか、鈍感な筋肉では察することが出来ない。いったいどのように揉んでいるのだろう。拳骨やら肘《ひじ》やらも使っているのだろう。按摩《あんま》の指が張っている方に移ると、それはもう気分が良くなった。あまりにも気持ちが良かったので、そのまま意識が遠退きそうになった。多少は微睡《まどろ》んだのかもしれない。のし、のしと心地良い圧迫感がリズミカルに体に伝わる。

　張った肩を両手が摑んだ。圧す。その時。

　ぱた、と音がした。寝台の縁を摑むような音――に思えた。

　いや待て。やや朦朧《もうろう》とし始めた頭で考える。按摩は両手を使っている。それなら誰が摑んだというのだ。気の所為《せい》に違いない。それよりも、大変に心地良いではないか。ああ、そこの処が突っ張っているのだ、うんと力を入れてくれ。そう、そこだ。

　右の脇腹に指が触れた。

　器用な男だなあ、まるで腕が三本あるかのような揉み具合だ。

　いや、腕のわけがない。マッサージ師は反対側に立っているじゃないか。ならこの感触は指なんかじゃなく、何か別のものなのだろう。では、何なのだ。

　思案しているうちに指のようなものが脇を抓《つま》んだので、体を捩《よじ》ってしまった。

「おや、痛かったですか」

「いや、痛くはないのだが」

　目を開けて顔を捻《ひね》る。

按摩は恍惚《とぼ》けた顔で肩を揉んでいる。どういう姿勢を取ったって、この体勢で反対側の脇腹なんかを抓めるものではない。もう一人いるとしか思えない。

　少し頭を浮かす。

　右隣の台のマッサージ師は台の向こう側でゴムのような客の脚を揉んでいる。首を返す。左隣のマッサージ師は、頭を揉んでいた。移動した様子もないし、これで脇腹を抓むのは無理である。他に人はいない。

　いる——わけがない。

「大丈夫です。いや、大変に良い案配だ」

「それはようございました。慥《たし》かにかなり硬いようです」

　この辺ですなと言って按摩は圧す。両手を使っている。気が付けば脇腹の感触はもうなくなっていた。

「そこです、実に効きますよ」

　そう言って、顔を穴に戻した。

　眼を閉じる寸前に、何かが見えた。

　汚い床だな、と思った。濡れているのじゃないか。

　いや——。

　違う。何かいた。

　目を開ける。

床に――。

顔があった。

年寄りが仰向《あおむ》けに寝ていた。

声を上げようと思った途端に背中をぎゅうと圧された。

肺の中の息が出切ってしまったので声を出すことは出来なかった。

これは――。

いったい何だ？

皺《しわ》だらけで、顔中に老人斑《はん》がある。口許《くちもと》が多少緩んでいて、口が少し開いているのだが、歯は見えない。

頭には一本の毛もない。弛《たる》んだ瞼《まぶた》は半眼程度に開かれているが、白目がない。表情はなく、全体的に弛緩している感じである。相当な高齢に見えた。

見間違いや錯覚ではない。はっきりと見える。ホログラムや何かではない。実体があるとしか思えない。しかも作り物ではない、本物の人間である。

びくりとも動かないが、人形などではない。たとえ生きていなかったとしても、これは本物――死体ではあるだろう。いや、死体とは思えない。しかし。

いや。幻覚でもないだろう。

幻覚でないなら、よぼよぼの年寄りがマッサージ台の真下の床に仰向けに寝ているということになる。そんな莫迦な話はない。

いつの間に現れたのだ。いや——。

最初からいたのか？

——私は。

この老人の真上でマッサージを受けていたのか？

老人は眼を瞑《つむ》った私の顔を、この力ない視線で眺め続けていたというのか。もしかして、私の脇腹を抓んだのはこの——。

「あ、あの」

「おや、痛かったでしょうか」

「そうじゃなくて、ええと」

居る。居るじゃないか。待て。

このマッサージの人は目が不自由なのだ。全盲でないのだとしても、視力は弱いのだろう。ならば気付いていないのだ。実際見えているのだから、いるのである。

もう一度目を凝らす。

少し動いた。

せり上がっているのだ。老人は徐々に近付いて来るようだった。

どうなっているのだ。浮かんでいるのだろうか。気持ちが悪い。

「あの」

「仰向けになってください」

この状態で——仰向けになるのか。

どうしましたと尋かれ、寝台の下に老人がいるとも言えず、見ているよりマシかと体を返した。

後頭部というか、項《うなじ》のあたりが丁度穴のところに当たる。

たぶん——近付いている。

年寄りが寝たまま浮き上がって、どんどん近付いて来るのが判る。

このまま上がって来たら接触してしまうだろう。体温でもない、音でもない、気配というよりないものが、露出した後ろ頭に近付いて来る。これは非常識な状況である。

考えるまでもなく、この世のものではあるまい。

と——思った瞬間に、ぞっとした。どうなさいました、体が硬くなりましたなとマッサージ師は言う。

「力を抜いてくださいませんとねえ」

「いや、判っているんだが」

ああ。もうすぐ。

ふ、と。

息が掛かった。

「はい、起き上がってください」

言われてすぐにびくりと体を起こし、首を曲げて穴を見た。

何もない。ただ、床は水浸しな感じで、酷《ひど》く汚らしかった。

気の所為なのか。

あれは何だったのか。

常識的に考えて、そんな老人がいるわけはない。

腰掛けてくださいというので台の縁から足を出した。出した途端に。

足首を摑まれた――気がした。

首を竦《すく》め、ひ、と声を出してしまった。ひやりとした感触は慥かにある。しかしあり得ない。マッサージ師は両肩を揉んでいるのだ。ならばこの感触は何だ。マッサージ師に怪しまれないよう、揉まれつつ徐々に前傾し、何とか台の下を確認しようとした。強く摑まれているわけではないから、足を上げれば離れそうだったのだが、それよりも台の下の状況を知りたかった。

足首に目を遣る。

足を摑んでいる手は、小さかった。しかも白い。

老人の手ではない。幼い子どもの手だろうか――。

いや、それは二回りくらい小さい大人の女の手だった。目視した途端に手は足を放して引っ込んだ。

何なんだこれは。

終わりましたとマッサージ師が言った。

スリッパを探すふりをして床を見る。やはりかなり濡れている。入室した時は気付かなかったのだが、魚河岸《うおがし》か何かの床のように、生臭そうな液体が寝台の下に溜まっている。スリッパも浸っている。ひたひただ。

スリッパを履く時に屈んで下を見たが、老人も、小さな女もいなかった。でも床に広がった液体だけは確実にあった。スリッパも濡れていて迚《とて》も気持ちが悪い。何でこんなに濡れているのだと問うと、マッサージ師は何がですなどと答えた。

「床さ。びしょびしょじゃないか」

「はあ。お客さん方の汗かもしれませんねえ。これで皆さん、結構汗をおかきになるんですよ。係の者に言って今度拭いておきましょう」

「汗？」

そんなわけがあるか。

スリッパがしとどに濡れる程人間が汗をかくわけがない。何人分であろうと同じことだろう。床に落ちた汗なんかみるみるうちに乾く。乾かないで溜まっているのだとしたら、いったいどれだけ湿度が高いのかということになる。

スリッパに体重をかけると、くちゅくちゅという音がした。

スリッパが吸った水分が染み出る音だ。

籠の中の時計を取る時にもう一度屈んで台の下を見たのだが、やはり濡れているだけだった。

両隣のゴムのような客は、まだ揉まれている。一時間より長いコースなのか、それとも人が替わっているのだろうか。

何だか気分が悪くなったので、何も言わずに玉暖簾を潜った。

マッサージ師に罪はない。腕も良かったのだけれども、この有様では詮方ない。治療を受ける前よりも、却って悪くなった気がする。

実際、肩は重く、首筋は張っていた。

あんなに揉まれたというのに。

待合室を抜けてロビーに出ると、やけに薄暗くなっていた。フロントには相変わらず人がおらず、店舗の明かりも落ちている。アイランド陳列の商品にはネットがかけられていた。

そんなに遅い時間でもないと思うのだが、こんなものなのだろうか。

のろのろ歩く。

まるで地方のスーパーである。およそ若者は着ないだろうと思われるセンスの悪い服や、ビーズが沢山ついたバッグなんかが並んでいる。食品は意外に少ない。それよりも土産物コーナーはないのかと思う。いや、そういう意味ではすべて土産物扱いなのだろうが、これでは日用品売り場と変わらない。たとえこのホテルに長逗留したとしても、こんなぺらぺらのラメ入りセーターなんか誰が買うのか。

首筋が痛い。マッサージなんかしなければ良かったと、やや後悔する。

陳列ケースが並んでいる。

到着した時は眺めるだけで冷やかしさえしなかったのだが、ちょっと気になったので中を覗いてみた。

石ばかりが並んでいた。

石の産地なのか。別に綺麗なものではない。上から見ても横から見てもただの石である。形も大きさも不揃いで、加工した様子もない。

どこまでも石が並んでいる。

それぞれに名前と値段がついているのだが、字が小さいのか、暗い所為なのかどうしても読めない。読めないなあと思いながら進んで、ふと顔を上げると、陳列台の向こうに売り子が一人座っていて、ひどく驚いた。

やはり昔のバスガイドのような制服を着ているのだが、軽く六十は超している。婆さんである。

「この石は土産物ですか」

「煎じて飲むと薬効があります」

「飲む？」

そういうものか。売り子は笑いもせず、勧めもしない。ただ力なく虚空を見詰めている。何に効くのか尋いたが、色々ですと言われただけだった。売る気はまったくないようだった。

石を眺めながら歩いているうちにロビーは終わっていて、辺りはチンケなゲームコーナーになっていた。

西館への接合部分だろう。

最近のゲームはないようだ。ＵＦＯキャッチャーらしきものが一番新しそうに見えるが、中身は殆ど空だった。後はインベーダーゲームや麻雀ゲームである。たぶん三十年くらい前のゲーム台だ。五台あったが三台は電源が入っておらず、一台は盤面が割れていて、ガムテープで補修してあった。

こっちで良かったのかな。

確証はなかったが、何故かそのまま進んでしまった。

渡り廊下になる。右側は窓で、窓の外は暗かった。給湯器のようなものが見えるだけだ。

左側はパネル張りで、絵が飾ってある。

受刑者の作品展、という紙が貼ってあった。

受刑者って。

安っぽい額に入れてはあるが、下手糞な絵ばかりだった。こんなものを展示する意味があるのだろうか。人目に触れる場所に飾っていいようなレヴェルではない。額の方が立派なくらいである。クレヨンで描いたようなものまである。小学生だってもう少し上手に描くのではないか。

画題も、何だかよくわからない。

人間らしきものが描かれていることは確実だが、構図もタッチも目茶苦茶だ。

暫《しばら》く進むと、また貼り紙があり、『わたしたちの犯した罪』と書かれていた。

そんなものを――描かせるのか。

慥《たし》かに、よく見るとそれは犯罪の絵なのである。幼稚な描き方なのでわからなかっただけで、人が倒れていたり、その胸に何かが突き立っていたり、首を絞めていたり吊るされていたり、そんな絵ばかりなのであった。悪趣味極まりない。何の意味があるのだろう。自分の犯した罪を絵にすることで何かしら心境の変化でもあるのか。行為を客観的に見詰めることで何かが変わるというのだろうか。更生に役立つのか。

暗い、打ち沈んだ気分になった。

それでも、興味本位というか、性根が下世話な所為なのか、ついつい見てしまうのだった。

よく描けている絵程、見れば不愉快な気持ちになった。当然である。八割方が人を殺している時の絵なのであった。近くに殺人犯ばかりが受刑している刑務所でもあるのだろうか。生首の絵まであった程だ。

並んだ絵を見ているうちに、廊下の端まで来てしまった。

最後の絵の隣、パネルの端っこに、何かが付着していた。

瘤《こぶ》のようなものだった。

虫か何かの卵かなと思って目を凝らすと、小さな女の顔面だった。小さ過ぎる。五センチくらいしかない。リアルフィギュアの顔でも切り取って貼り付けたのかと思って顔を近づけると、女はにっこりと笑って口を開けた。

何だよ。

勢い後ろに飛び退く。どんな仕掛けだ。

もう一度顔を寄せて観察した。白くて、眉がない。目鼻立ちは整っていて、唇《くちびる》だけが赤い。

よく出来ている。

「かくしてもむだだ」

女はそう言った。

ヘリウムガスを吸ったような声だった。

何を言っているんだこいつ。潰してやろうか。

怖いとか変だとか思う前にそう思った。

――私は。

何も隠してなんかいるものか。

女の顔を睨み付けてやった。

すると小さな女は眼も口も閉じて、温順《おとな》しくなった。

女から目を離す。

こんなことをしていたのでは体が冷えてしまう。折角温泉に入り、マッサージまで受けたというのに、この全身に行き渡る倦怠感は何なのだろう。首筋が重い。マッサージを受ける前より、ずっと重い。肩も背中も痛い。悪寒までする。

何だか遣る気が失せた。部屋でビールを飲んでいた方が良かったかもしれない。

早く戻ろう。

そう思って周囲を見渡したのだが、どうも見覚えのない場所である。西館ではないのかもしれない。

しかし表示が何処にもない。

戻るのも癪《しゃく》だ。いや、あの小さな女の顔の前を通りたくなかったのだ。

少し進むと、明かりがあって、ラーメンと書いた看板のようなものが見えた。

ラーメン屋なら遅くまで営《や》っていてもおかしくはない。喰いたくもなかったが、西館へ行く順路を尋こうかと覗いてみると、カウンターの奥に何だか気味の悪いものがもやもやと座っているのが見えた。

人ではないような気がした。

じゃあ何なんだ。

壁の染みじゃないのか。なら尋いたって無駄だろう。染みが返事をするものか。あんなに黒くてもやもやしているんだから、人じゃないことは間違いない。

ぞくぞくと寒気がした。

湯冷《ゆざ》めしたのか。厭だなあ。

ラーメン屋を過ぎて、閉店しているアイスクリーム屋を遣り過ごした。

コーナーにわけの解らない大きな銅像が置いてある。添えられている木札にはイスラエルの王と記してあった。本当に意味が解らない。

銅像を越すと、また暗い廊下に出た。

漸く廊下に表示が出ていたのを発見して、見た。

階段マークの下に右上を示す矢印が書かれており、露天風呂、と記してあった。するとこの上に、あの何処にあるのか判らなかった三つ目の露天風呂があるというのだろうか。

示された方向には慥《たし》かに階段があった。

温まり直すのも良いかもしれないと思ったので、階段を上った。

スリッパはまだ湿っている。

非常に気色が悪い。段を踏むたびに、じゅうと音がする。踊り場で力を籠めて踏んでみると、汚らしい液体が滲み出た。これは汚い。もう一度入浴しなければやってられない、そんな気持ちになって、更に階段を上る。

階段には非常灯が点っているが、二階は真っ暗だった。

まだ上に違いない。

更に上る。上るうちに肚《はら》が立ってくる。

何を隠しているというのだ。隠しごとなどあるものか。まったく失礼な女だ。全体、どれだけ失礼なホテルなんだ。表示くらい出しておけ。迷って部屋に戻れなくなるなんて考えられない。それにしても、どうしてこんなにうすら寒いのだろう。湯冷めする程の気候だったろうか。夏場じゃなかったか。ああ寒い。冷える。首の上に何か乗っかっているように重い。

上っても上ってもこの階段は終わらない。

いったい何階まであるのだろう。そう思ったところで突然階段は終わった。目の前に扉がある。丁度、屋上に出るような案配である。下を見てみたが、階下はずっと真っ暗で、どれだけ上ったのか判らなかった。

扉を開けると、四畳半くらいの座敷だった。

汚らしい水を吸っているスリッパを脱いで、上がり込んだ。

窓も何もない。

古そうな行李《こうり》が一つと、これまた年代物の鏡台が一つ置いてあるだけで、他は何もない。客室なのか。いったい何処で間違ったのか。取り敢えず扉を閉める。閉めにくいなあと思ってよく見ると、内側にはノブが付いていないのだった。これじゃあ裡《なか》から開けられないじゃないかと――思う間もなく、扉は閉まってしまった。

出られないじゃないか。

もう一度見渡す。

電灯を点けようにもスイッチがない。

でも、明かりも窓もないというのに、室内の様子は何となく見えるのだった。

目を凝《こ》らしても同じことで、やはり行李と鏡台しかないのだ。

埃《ほこり》の匂いがする。もう何十年も使っていない部屋なのだろう。

だけど。

鏡には、どういうわけか中年の女が映っている。光量はないし鏡面が汚れていてよく見えないのだが、間違いなく中年だと思う。もしかしたら壁の染みかもしれないのだけれど。

それにしても、光源がまるでないのにものが見えるのはおかしい。

この薄明かりはどこから来るのか。

鏡を見る。

何だか汚らしい。

鏡面に錆《さび》だか黴《かび》だかがこびりついている。

あの女は、今の時代の女じゃないな。

部屋の真ん中に立って見上げると、天井に四角い穴が穿《うが》たれていた。なる程、ここから月明かりが差し込むのだなあ。そんなことを考えていると、鏡の中の染みみたいな中年の女がくねくねと蠢《うごめ》き始めた。何とも厭な動き方だ。たぶん、鏡から出て来ることはできないのだろうと思うけれど、それでも気が滅入る。

人なんか誰もいないというのに、何が映っているというのだろう。

過去か何かだろうか。この部屋に昔いた人が映っているのだろうか。

そんな、過去と現在が混じっているような空間にいるのは途轍《とてつ》もなく不快だ。抜け出そうと考え、行李を真ん中まで引き摺って来て、その上に乗り、天井の穴の縁に手を掛けた。上はたぶん屋上だろう。

うん、と力を入れる。

上半身が外に出た。

案の定屋上だった。

何処にでもある、ごく普通のビルの屋上のようである。

片足を振り上げて上ろうとすると、もう片方の足を摑まれた。大した力じゃない。どうせあの小さな手だろう。振り切る。

それ程苦労することなく、上に出ることができた。

通っていた高校の屋上に似ている。

コンクリートの冷たい床を裸足で歩くのは爽快だ。

違う、それこそ気の所為だ。単に湿ったスリッパを脱いだからそんな感じがしただけだろう。何が爽快なものか。風は生温くて、しかも生臭い。屋外に出たという開放感はまるでなかった。空には星も見えず、ある筈《はず》の月も朧《おぼろ》で、どちらから照らされているのか判然としない。

山が黒々としている。

海も真っ黒で、墨汁のようだ。

だだっ広い屋上である。

もしかしたら屋上だけ四軒分繋がっているのか。

いや、あんな安っぽい渡り廊下で接合しているのだ。それはあり得ない。建物の高さだってまちまちだったじゃないか。そのわりに、この屋上は何処までも続いているじゃないか。

おまけに、真ん中辺りに鉄塔のようなものまで建っている。おかしな構造だなと思ってよく見れば、鉄塔ではなく温泉櫓《やぐら》だった。何故に温泉櫓が屋上なんかにあるのだ。何か間違っちゃいないか。

温泉櫓からはもうもうと湯気が上がっている。これの所為で建物全体が湿っているのだ。あのマッサージ室の床だって、こいつのお蔭で濡れているのじゃないのか。

でも、そのわりに暖かくないのは何故なのだろう。

櫓を過ぎると、光景は更に奇妙なものになった。

一面がプールのように見える。いや、プールである。面積は学校のプールの四五倍はあるようなのだが、見た目はまったく同じだ。ただ、ずっと浅い。生《い》け簀《す》のようなものである。湯が張ってあるのか、全体から湯気が上がっている。

温水プールなのだろうか。いや、これは。

――温泉だ。

なる程、これが三つ目の露天風呂なのか。ならばあの表示は間違っていなかったことになる。しかし、これじゃあ誰にも判らないだろうに。誰も来られないだろう。

そう思い目を凝らすと、うんと向こうに人影が見えた。

湯煙の中、首まで浸かっている。

やはり温泉なのだ。間違いない。

縁《ふち》の辺りには湯の花が結晶している。白や黄色や緑やもっと汚い色の結晶が、凸凹としたケロイド状に広がっている。匂いも温泉のそれだ。臭《くさ》い。硫黄泉《いおうせん》なのか。

――私は。

迷わずに衣服を脱いで、足を差し入れた。

やけに温い。こんなに温いのに湯気が上がっているということは、気温がかなり低いということだろうか。

酷《ひど》く粘性のある湯だった。湯というよりも油か、ジェルのようだ。透明度は高いのだが粘り気が強い。滑《すべ》りもよくないから、ぬるぬるという感じでもない。抵抗が大きいという方が当たっている。動きにくい。

それなのにずぶずぶと肩まで入ってしまう。何だろう。きっと、この湯の中は時間の流れが遅いのだ。何て不自由な温泉なんだろう。これじゃあゆっくり温まることなんか出来ないだろう。

そうじゃない。

それは――自分の胸の中が騒《ざわ》ついている所為だ。

どんな湯だって、落ち着いた気分で、ゆったりした心持ちで浸かるなら、体は温まる筈だ。芯まで温めなくては、すぐに体は冷えてしまう。充分にリラックスして、早く部屋に戻ろうなどと考えずに、先のことなど考えずに、まずはこの状態を受け入れるべきなのだ。

ああ。

これは。この湯は。私が殺した女の体液なんじゃないかなあ。

そんな妄想が広がる。人を殺したことなんかあったっけ。いや、あるわけがない。

そんな莫迦なことある筈がないだろう。それは私の記憶じゃないよ。どうして人殺しなんかするものか。私は何も隠してなんかいないから。ちょっと湯が粘るだけじゃないか。向こうに入っている客は、あれは。

壁の染みじゃないのか。

人なのだろうか。

体中が生温くなった。体温が湯温と同じになったのか。湯が粘って粘って粘って動きがとれない。

あの、湯煙の向こうの、壁の染みみたいなもう一人の客が気になる。話がしてみたい。

でも、こんなに粘っているのに、あの客の処まで行けるものだろうか。

辿り着くのは無理な気がする。酷《ひど》く遠い。

あれは、多分老人なのだ。あの皺だらけの禿頭の老人なのだろう。

あの人はもう、ずっとここに浸かっているのだろうさ。だからあんな、死んでるみたいな色の皮膚になってしまったのに違いない。そうなんだなあ。

別に隠しちゃいない。

——私は。

きっと、あの老人なのだ。私はこのままここに浸かり続けて、何年も何十年も、この粘性の高い湯に浸かり続けて、それで少しずつ少しずつ移動して、何年も何十年もかかって、やっとあそこに到るのだ。この、過去を満たした生温いプールの中で、時の流れが滞っている粘った液体の中で、のろのろと、ぐずぐずと移動するだけしかないのだなあ。

もう、部屋に戻ることを考えるのはよそう。どうせ二度と戻れやしないんだ。

そう思うと、私は懐かしい、安らかな気持ちになって——。

壁の染みみたいになってしまった。

けしに坂

勾配《こうばい》のきつい坂の上に、犬のような形の雲が浮かんでいた。

空は青く青く澄んで、雲はくっきりと白く、それはもう清々《すがすが》しいくらいの明るさなのだけれども、下界は燻《くす》んでいて、やけに微暗《うすぐら》い。空の部分だけ切り抜かれている古い写真のようである。

親父の十三回忌の法要があって、法要自体は別にどうということもなく無事に終わったのだけれども、その後の酒宴が辛《つら》かった。酒も不味《まず》く、料理も不味い。普段は口も利かなければ付き合いもない、顔さえ見覚えのない親戚連中の相手をするのに辟易《へきえき》してしまったというのもある。

祝いの席であればただ笑っていればいいし、弔いならば萎《しお》れていればいいわけだけれど、十数年も前に死んでしまった者に対してどのような態度を取ったら良いのかわからない。

喋《しゃべ》ることも別にない。

想い出を語るんだと余人はいうが、どうもいけない。

父との想い出はそれなりにあるのだけれど、その想い出を共有している者は座の中にはいないのだった。その想い出は死んだ親父と私の想い出であり、二人だけのものなのであって、親類は関係ないのである。

いちいち説明するのは面倒だ。

そもそも私は、晩年の父が嫌いだったのだ。

子供の頃は何も思わなかったけれど、成人して以降は蟠《わだかま》りしかない。親父は年齢を重ねるごとに鬱屈《うっくつ》し、尊敬できない嫌な人間になってしまった。偏屈になったとか頑固になったとか、そういうことではない。人として矮小《わいしょう》になってしまったのだ。卑屈で、往生際が悪く、猜疑心《さいぎしん》や依存心ばかりが鼻につく。そんな年寄りだった。

元々そういう人だったのかもしれないのだが。

若い頃の父の為人《ひととなり》など知らないし、知りたくもない。

それが元来の性質であったと知れたなら、より嫌いになる。

そうなれば、良い想い出までが汚れてしまう。

それでなくても良い想い出は良くない想い出よりも古いから、掘り起こすためには嫌な記憶を通過しなければならない。それが我慢ならない。

死んだ人の悪口など言いたくはない。

でも、悪口になってしまうことだろう。

いた堪《たま》らなくなった。

気分が悪くなったと嘘を吐《つ》き、姉に後を託して宴席を抜けた。ロビーで休んでみたが気が晴れず、結局会館からも出てしまった。

出たところで行く当てはない。気持ちの良い秋晴れだったし、散歩でもしようかと寺の境内をぐるりと一回りして、裏門を抜けてみると坂があったのだ。裏門の真ん前は森というか藪《やぶ》で、右手に目を遣ると、寺の塀に沿って細い坂道が続いていたのである。

坂上を見上げていると、あんたあんた、と声がした。

振り返ると門の左手に老婆がしゃがんでいた。近頃では殆《ほとん》ど見かけなくなった、手拭いを被った和服姿の老婆である。

この坂を登るかねと老婆は尋《き》いた。

別に登る気はなかったのだけれど、否定もしなかった。

「この坂はな、髻設尼《けしに》坂いうてな」

「けしに？」

「文殊菩薩《もんじゅぼさつ》さんの眷族《けんぞく》の童子さんよ」

ほれ、と老婆は門の中を指差す。振り向くと寺が見えた。

「ここの本堂は、どういうわけか横向いて建っておろう。三門から入っても正面にならんのだわ」

言われてみればそうなのだ。まったく気づかなかった。

「何でそうなんか、わからん」

わからんのさと老婆は繰り返した。

「でもなあ、本尊の文殊菩薩さんは、いつもこっち向いておるわ。だから菩薩さんの霊験がな、この坂にかかるのよ」

「ははあ。すると」

有り難い坂なのですねと言うと、老婆は黙った。

きちきちと鳥が啼《な》いた。

「登るなら、急いで登った方がええ」

そして、老婆はそう言った。

「どうしてです？」

「この坂登るとな、忘れていたことを思い出す。ゆっくり登ればゆっくり登る程、余計に思い出すわ」

それは便利じゃないですかと言った。

私はあまり物覚えが良くないので思い出すなら助かりますよと、半ば上の空で答えると、老婆は皺《しわ》だらけの顔を顰《しか》めた。

「人はな」

「はあ」

「何で忘れるか知っとるか」

「さて。頭が悪いからじゃないんですか」

「覚えていたくないからだわ」

「え？」

覚えていたくないから忘れるのだわと老婆は吐き捨てるように言った。

「忘れるちゅうのは、覚えないのとは違う。覚えたことを失くしてしまうのでもないわなあ。思い出さなくなるだけだわ。どうして思い出さなくなるかといえば、思い出したくないからに決まっておろうよ」

「思い出したくない――から？」

「何もかも覚えておったら」

人は生きては行けんようと、老婆は祈るような声で言った。

それから、オンアラハシャノウオンアラハシャノウと、呪文だか真言だかを繰り返しながら本当に祈り始めた。私はその背の丸まったやけに小さな塊から坂上へと再び視線を移し、ゆるゆると歩を進めた。登るつもりはなかったのだが。

登ったところで何があるのか知らないのだが。

坂は石が敷き詰められていて、処どころ低い段が作られている。

右側は寺の土塀で、左側は藪だ。天辺《てっぺん》を過ぎると下《くだ》っているのか、坂の上はすぐ空である。

空は明るく、澄んでいる。眩しいくらいに青い。

青い空に、雲はひたすら白く。目に痛いくらいにヴィヴィッドだ。

犬の形の雲は、老婆の話を聞いているうちにいつの間にか形を変えていて、もう犬には見えなくなっていた。

地上は、でも何だか暗い。対比の問題なのだろうか。

寺の塀は普通の塀より少し高く、藪も鬱蒼としていて、切り通しの中を歩いているかのようである。空がクリアな所為《せい》で遠近感も狂ってしまい、騙し絵に紛れ込んでしまったかのようでもあった。

ちゃんと進んでいるのに、後戻りしているようにも思えた。

自分は同じ位置に静止していて、まるで回り燈籠のように景色の方が動いているかのような、そんな錯覚さえ感じてしまう。立ち止まり、振り向いて蹲《うずくま》った老婆の姿を確認してみようかと思ったが、やめた。

怖い。

それにしても長い坂である。

あの寺の境内はそんなに広いのだろうか。裏手に墓地があるのだったか。

この塀は、寺というより墓場の囲いなのかもしれない。

左手の藪がちょっと途切れた。

隙間から民家の庭がちらりと見えた。覗き見るのは失礼な気がしたので、そのまま遣り過ごした。再び藪が続く。何だか。

懐かしい庭だ。

懐かしい。

幼い頃住んでいたのは古い日本家屋で、中庭があった。塀は板で、一部分が生け垣で、石燈籠なんかはなかったが、庭石があって低木が植えられている、そんなよくある庭だった。

庭で餅搗《もちつ》きをしたり、線香花火をしたりした。縁側でお月見もした。何もない日も、よく庭で遊んだ。

遊んだなあ。

幾歳のことだったかなあ。

まだ、かなり背が低かったから、四つか五つか、そんなものだったろうか。

学校にあがる前だ。

土弄《いじ》りをしたり草を毟《むし》ったり虫を見たりした。石を引っ繰り返すと草鞋《わらじ》虫や蚯蚓《みみず》なんかがいた。今では気味が悪くて見るのも厭だけれども、あの頃は平気だった。

何が面白かったのか。

面白いとか、面白くないとか、あまり関係なかったのかもしれない。ただ生きていることが愉《たの》しい時期というのは、あるだろう。

庭に屈《かが》んで、石を捲《めく》って。

そしたら。

縁の下に、真っ赤な顔の女の人がいた。

地べたに腹這いになって。

こっちを見ていた。

縁の下の暗がりの中で、蜘蛛《くも》の巣やら埃《ほこり》やら泥やら鼠の糞《ふん》やら、そういう汚らしいものばかりの、陽《ひ》の光も届かないようなじめじめした場所に。

真っ赤だ。

水で溶かない赤い絵の具を塗りたくったように。

あんなに暗いのに、どうして赤いとわかったのだろう。眼の中まで赤い。

真っ赤な女の人は、じっと僕を睨《にら》み付けている。もうこれ以上開かないというくらいに眼を見開いて。誰なんだろう。

僕は、動けなかった。

どのくらい動けなかったのか、わからない。

十数えるくらいか、百数えるくらいか、僕は息をするのも忘れてその真っ赤な女の人を見詰め返していた。

あの時。

そう、鳥が啼いたんだ。

けえ。

けえ、けえ。

その途端に。

女が。

真っ赤な女が物凄い勢いで両手を動かしたので、僕は。

僕は慌てて裏木戸の方に逃げた。

裏通りを四つ角の処まで駆けて、角を曲がって、ポストの陰に隠れて後ろの様子を窺った。まだ明るかったのに人通りはなくて、閑寂《しん》としていた。

そろそろと戻ってみた。角まで戻って、家の方の様子を窺った。

生け垣が。

こそっと揺れた。

怯《びく》りと身を引き、そろそろと顔を出すと、生け垣の下の方に、地べたに頬を付けるようにして、真横になった女の真っ赤な顔が、半分だけ覗いていた。

女は僕を睨んでいた。

僕は、息を呑み、全力疾走で公園まで走った。そのまま、夕方まで公園にいた。どういうわけか公園にも人影は一切なく、何もすることもなかったのだけれど、家には怖くて戻れなかった。震えが止まらなくて、ずっと、ブランコに座って、下を向いていた。

夕焼けが赤くて、あの女のようで怖かった。

街燈が点《とも》った頃、心配した母さんが迎えに来てくれた。

あちこち捜したらしく、母さんはとても不安そうな顔をしていた。僕は母さんの顔を見てほっとしたのだけれど、それでも安心はできなかった。

あの家に戻るのだ。

あんな、真っ赤な怖い人が下にいる家には戻りたくない。縁の下から出て来たらどうするんだろう。母さんも、父さんも、あんな怖いものには勝てないだろう。

大体、あんなものがいることを母さんも父さんも知らないんだから。

でも。

僕はうまく説明できなかった。

帰りたくないというと変な顔をされた。家の前まで連れて行かれて、それでも家に入りたくないと言ったら叱られた。

きっと、いる。

食事をしている最中も。

寝ている間も。

ずっと、床の下に。這《は》い蹲《つくば》って。顔も手も眼もみんな真っ赤で。

怖い。怖い。怖い。もう庭でなんか遊べない。縁側にも出られない。

もし僕が縁側にいて。

その縁側の縁を、真っ赤な手が摑んでいたりしたら。

あの顔が出て来たら。

きっと、怖くて死んでしまう。いや、ずっと下にいると思うだけで怖くて怖くて死にそうだ。ご飯を食べても味がしない。布団に入っても寝られない。

敷布団の下の。

畳の下の。

床の下の。

暗くて穢《きたな》くて狭い寒くてじめじめしていていやらしい、あんな気味の悪い隙間に。

いつもいつもあんな真っ赤な女がいるのかと思うと。

怖くて怖くて怖くて怖くて怖くて、息もできないくらいに怖くて、とても生きては行けないだろう。だから、だから僕は、僕は。

どうしたのだったか。

どうもしなかったのだ。僕は、あまり怖かったから。

忘れたのだ。何もかも。

そう。

今の今まで、完全に忘れていた。あれは、いったい何だったのか。常識的に考えて縁の下に女などいるはずがない。幻覚としか思えない。

でも、私は思い出してしまった。

いや、果たしてその記憶は思い出したものなのかどうか。それはあり得ないことではないか。ならば今ここで捏造《ねつぞう》された記憶なのではないか。今の私には、事実とは到底思えない。それが事実だったとして、それなら何故――。

忘れていたからか。

私は石段を登る。足許《あしもと》の石は古く、苔生《こけむ》している。何だか坂の上を見上げる気力が失せて、仕方がないので寺の塀を眺め、それから顔の向きを変えて藪を見た。

藪というか、林だ。樹々の隙間にフェンスが見えている。林の奥に、どうやら学校があるのだ。あのフェンスの向こうは校庭だろう。

小学校だろうか。中学校だろうか。高校だろうか。

高校だ。

何故か、そう思った。

私が通っていた高校は私立の男子高で、進学校でこそなかったのだが、スポーツが盛んな校風だった。大会に出た、優勝だ準優勝だ、記録を出した、そんな勇敢な話ばかり聞かされていた。体育会系ではなかった私などは、応援するしかなかったわけだから、どうにも肩身の狭い三年間だった。

高二の時に母が亡くなった。

葬式だの後始末だの、いろいろとあって、暫《しばら》くは学校を休んだ。

姉が海外留学中で、祖母も入院中だったりしたので、普通の忌引よりも長く休まねばならず、十日目くらいに学校に行った。

その時だ。

私は、校庭の隅で、一人で弁当を喰ったのではなかったか。

何故そんなところで喰ったのだったか。母が亡くなって悲しかったからというわけではないだろう。もちろん、普通にショックではあったのだけれど、私はその時はもう吹っ切れていたと思う。それに、いくら悲しかったからといって、校庭で弁当を喰う意味はまるでない。拗《す》ねていたわけでもないだろう。

でも、記憶はある。

昼休みだというのに、サッカー部か何かが練習をしていて、熱心なことだと思ったのではなかったか。季節は秋で、校庭の樹々も赤く色づいていた。校舎の屋上にも小さな人影が見えた。遊んでいるのだ。通常弁当は教室で食べていたのだし、屋上で遊ぶつもりなら私も屋上に行く。遠くから眺めることなどないはずだ。普段目にする光景ではない。

端っこの木の下の、草の生えた処。

そこから見た光景のように思う。

そうだ。

思い出した。

その日、父が弁当を作ってくれたのだ。

その弁当が、私は恥ずかしかったのではなかったか。母が作る弁当は、その頃は普通だと思っていたのだけれど、今思えば見た目も綺麗で、とても凝った弁当だった。父が作ったそれは、違っていた。

父は弁当など作ったことがなかったのだろう。

台所で四苦八苦している姿を見て、ありがたいとは思ったのだが。

厭だった。

恩着せがましいような、いじましいような、そんな気にもなった。

父の弁当は、色の悪い形の崩れた卵焼きと、ウインナーと、炒めたほうれん草と、後はご飯がぎゅうぎゅうに詰められていて、醬油がかかった海苔が載っていた。お世辞にも美味しそうではなかった。

私は蓋を開けて、中を確認し、そのままこっそり教室を出たのだ。クラスメイトの目に触れるのを避けるためである。別に、弁当が不出来だからといって嘲笑うような者がいたわけではない。そんなことで馬鹿にされることも苛められることもないだろう。

でも、厭だったのだ。

学校は家とは別の場所だ。

家庭の中の様子を――というか、父の影みたいなものを、その別の場所に持ち込むことが私は厭だったのだ。父が弁当を作ったのはその一度きりだったはずだ。たぶん私がやんわりと拒否したのだ。

親父も忙しいんだから。

自分で作るよ。

それより。

おばあちゃんの面倒見てやれよと、そんなことを言ったと思う。

そう、言った。強く言った。何度も何度も、私は祖母の病院に行けと、そう父に言ったのではなかったか。結局私は渋る父の手を引いて、無理矢理祖母の病院に連れて行ったのではなかったか。いいや、行ったのだ。

そして。

祖母は、その日の夜に死んだのだった。

葬式が続いた。

結局私は、一日登校しただけでまた休まなければならなくなった。結局私は延べ半月くらいは学校から遠ざかっていたことになる。

その、一日を除いて。

校庭で弁当を喰った日、である。

以降、弁当は自分で作るか、学食を利用した。だから、間違いない。あの日私は、校庭で、校庭の隅の樹の下で、父の作った弁当を食べているのだ。

あの時。

私は、何だか複雑な想いで弁当の蓋を開けたと思う。

見窄《みすぼ》らしい弁当だった。見た目も悪く、いろいろと雑だった。それでも、父が真面目に作ってくれたものなのだから、ありがたいと思わなければならないだろう。それは充分にわかっている。わかってはいるが。

他人に見られるのは厭だよ。

弁当が恥ずかしいんじゃなく、親に気を遣っている俺とか、カッコ悪いし。

でも、マズそう喰えねえとか言って、捨てちゃうような、そういう無意味なカッコつけはできないし。親父に悪いし。だから見られたくなかったわけで。

さっさと食べてしまおうと箸を手にした、その時。

俺の手は止まった。

色の悪い卵焼きや生焼けウインナーの隙間に。

髪の毛がたくさん詰まっていた。どう見てもそれは髪の毛でしかなく、およそ食べ物には見えなかった。試しに一筋抓んで引き抜いてみたが、それはやはり髪の毛に違いなかった。引き抜いたのは長くて、べたついた、白髪だった。

どういうことだ。

親父の髪の毛ではない。

間違って入ってしまったわけでもないだろう。

わざと入れたということか。そんなわけはないだろう。

なら。

俺は弁当を凝視した。

すると。

飯に載っかっている海苔が、もぞもぞと動いていた。

俺は息を止め、箸で挟んで海苔を捲ってみた。醬油がかけられている海苔はしっとりとしていて巧く捲れず、途中で破れてしまった。

その破れ目に。

口が覗いていた。

人間の口だ。土気色の、皺だらけの口だ。口が、ご飯の中に埋まっている。

口はもぞもぞと不器用に動いて、何かを言った。

そう、言った。

何と言ったのか。

何と言ったのだったか。

何と――。

「おんしらず」

そう言ったんだ。

俺は弁当を放り出してしまった。

草の上に、不味そうな親父の弁当が散らばった。飯と海苔と、卵焼きと、ウインナーとほうれん草は、食べられることなく地べたに落ちた。

物凄く悪いことをしたような気になった。

髪の毛も、もちろん口もなかった。

何もかも幻覚だったということか。

俺は地面に落ちた弁当の中味を手で摑み、弁当箱の中に戻すと、そのまま裏の焼却炉まで持って行って、捨てた。

弁当箱も、捨てた。

更に悪いことをしたような気になった。後ろめたさは徐々に募って、午後の授業はまるで耳に入らなかった。俺の耳にはあの、嗄《しわが》れた、無声音だけで構成された——。

おんしらず。

という声が、ずっと聞こえていたからだ。

あれは。

そう、祖母の声だ。だから——。

俺は知っていたのではなかったか。

祖母がその日、死ぬということを。

なら。

あれが幻覚でなかったとするならば、祖母は、俺や親父を恨んでいたということになるのか。何を恨んでいたのかは知らないけれど、俺達は恨まれるような仕打ちを祖母にしていたということになる。そうでなければ恩知らずなどという言葉を死にかけた祖母が発するわけがない。何の自覚もなかったけれど、俺も親父も、祖母に対して、祖母が酷いと感じるようなことをしていたのだろう。

それを思うと遣り切れなくて。

家族に裏切られて死んだのかと思うと祖母が哀れで。裏切っていたのが自分だというのが嫌で。嫌で嫌で、生きていられなくなるくらいに重たくて。

だから。

だから俺は忘れたのだ。何もかも。

今の今まで綺麗さっぱり忘れていた。母と祖母が相次いで逝ったことは事実だ。

だが、祖母が家族に対して憎悪めいた感情を抱いていたという認識はない。

そう思ったことなどただの一度もない。

いや、そんなことは事実なかったはずなのだ。あの日だって、何か胸騒ぎがして、父を促して病院に行った所為で、私達は祖母が息を引き取る前に面会することができたのだ。死に目に間に合ったのである。

尤《もっと》も私達が駆けつけた時、祖母はもう意識が殆どなく、危篤状態だった。言葉なんか喋《しゃべ》れるわけはない。だから、私達のことを知覚したのかどうかもわからない。

でも、いまわの際に、祖母は樹の洞《ほら》のような口をぱくぱくとさせて——。

ああ。

いや、あの、あの口の動きは。

おんしらず。

そうか。あれは——恩知らずと言っていたのか。

違う。

私は混乱している。声など出ていない。あれは痙攣《けいれん》だ。そのビジョンが、その前の校庭の記憶と入り交じっているだけだろう。何か得体の知れない後ろめたさが、そんな記憶を捏造したのだ。そうに違いない。

いや。

捏造も何も、私はそんなこと本気で忘れていたのだ。忘れるというより覚えてすらいなかったのだ。記憶されていないものは思い出せもしないし、忘れようもない。捏造されたのなら、今だ。これは今できた記憶だ。それにしても。

この坂は長いと思う。

もうどれだけ登ったのだろう。

藪も、既に背の高い雑草になっている。草原だ。

寺の塀も終わっている。

じゃあ何があるのかというと、取り分け何もない。

左右の風景が何となく認識できない。

ただ坂だけがあるような、そんな気がしている。もちろん気の所為である。

しかし、ここまで登っておいて、このまま逆戻りするというのはどうも戴けない。下るにしても登り切ってからだろう。

私は重い歩を進める。

余計な想いを巡らせながら。

母さんは何で死んだのだったかなあ。

自殺したのじゃなかったかしら。そうだったような気もする。そういえば寝室で首を吊っていたのじゃないか。だから、警察や何かがやって来て、それで事務処理や手続きに時間がかかったのだったか。

そうだったかもしれない。

そうだ。

私は首吊りを二度見ている気がする。

長く伸びてしまった頸《くび》。撫《な》で肩になった肩口から、だらりと伸びた腕。白く剝《む》かれた眼。半開きの口。そこから半分出ている舌。涎《よだれ》。

だらりと。

最初は母さんの死体。

二度目は何だ。ぶら下がっていたのは誰だ。私は誰の死骸を見たのだ。

あれは。

いつのことだったろう。

いつ？

いつって、そんなに昔のことじゃない。だって私はその時、親類と父の十三回忌の法要の打ち合わせの電話をしていたのだから。明日は誰が来る、どこで何時から、そんな話をしつつ、寝室のドアを開けたら——。

妻が死んでいた。

昨日だ。

昨日のことだ。

ぶら下がっていたのは妻だ。妻は。死んだのか。死んでしまったのか。

死んだじゃないか。死んでいたじゃないか。ぶら下がっていたじゃないか。

剝かれた白目が充血していたじゃないか。

あの、縁の下の女の眼みたいに。

ああ。

それで私はどうしたというのだ。何故何ごともなかったかのように、私はここにいるのだ。法要を済ませて、暇潰しに坂など登っているのは変だ。妻の、あの死体はどうした。警察は喚《よ》んだのか。救急車は。私はいったい。

いや。

私は、何もしていない。

妻の遺体はまだ家にぶらさがっているだろう。何故なら。

忘れたからだ。

私は妻が死んだことを忘れた。

今の今まで、完全に、綺麗さっぱり忘れていたのだ。

何故なら。

死んだ妻の。

半開きの唇《くちびる》が。

だらりと食み《は》出た舌が。ひくひくと動いて。

「おんしらず」

と、言ったからだ。私は、怖くて怖くて怖くて息もできないくらい怖くて余り怖くてもう生きていられないくらいに怖かったから。

寝室のドアを閉めて、私は何もかも忘れた。

忘れなければ生きて行けない。

妻の死骸なんか見ていない。

真っ赤な女なんかが床下にいるわけがない。

病人が恨み言を弁当箱の中から呟《つぶや》いたりするものか。

死んでいるのに。

死んでいるのに何だ。何を主張する。私は何も知らない。恨まれる覚えなどない。

まるで身に覚えのないことだ。だいたいそんな恐ろしいこと、覚えてなんかいられない。いられるわけがないじゃないか。

私は頭を強く振った。

坂はもう終わりだ。

顔を上げた。

坂の上には青い空。

そして白い雲。

照り付ける陽射しの下に、何故か真っ黒に煤けた——。

親父が立っていた。気に入らない。親父は嫌いだ。親父は不機嫌そうに下を向いて肩を怒らせてただ立っている。背中には真っ赤な女がへばりついていて、足許には白髪を振り乱した、乾いた祖母がしがみついていた。祖母はぱくぱくと口を動かしている。真っ赤な女は、母で、母のくせに妻の顔をしていた。

私は。

目を合わせないようにして遣り過ごした。

そして私は。何もかも忘れることにした。

何もかも忘れて、恩知らずになることに決めた。

むかし塚

覚えていること。

少しばかり傾いた、木造のアパート。

汚れているのか陽《ひ》に焼けてしまったのか、壁の板はすっかり黒ずんでいて、外観は燻《くす》んだ焦げ茶色一色だった。

それは、坂道を下りきった処に建っている。大通りに面した角地だから立地は悪くない。でもあまり長く住む者はいないらしい。季節労働者などの短期居住者が多かったのだろう。

髭面《ひげづら》で薄汚れた中年の男達が入れ替わり立ち替わりやって来ては、暮らしていた。もしかしたら、何処かの飯場《はんば》の寮として使われていたのかもしれない。

入居者がすぐに入れ替わってしまうので近所付き合いもなく、近隣の住民達からはわりと敬遠されていた印象がある。

いや、それはあくまで印象だ。あの建物に近付くなだとか、あのアパートの住人に気を付けろとか、そういう話を聞いた覚えはない。

僕の家からは、何処へ行くにも必ず前を通らなければならない場所に建っていたのだし、住宅や個人商店、銀行の社宅などに囲まれていたのだから、取り分け悪処ということもなかったのだ。何となく他の家とは違う雰囲気だったというだけである。それも子供の感性であるから、実はそんなこともなかったのかもしれない。

僕は、小学校一年生だった。

引っ込み思案で、虚弱体質で、ろくに外で遊んだこともなく、幼稚園にも行っていなくて、それでも病気ということもなかった僕は、何だかわけの解らないうちに学校に放り込まれて、迚《とて》も心細かったのだ。

その頃は、今と違って不登校などという言葉自体なくて、学校へ行くのは当たり前のことだった。だから行かないという選択肢は最初からなくて、だから行きたくないという気持ちは封殺されていて、だから僕は黙って登校していた。

厭だったというより、怖かった。

面倒な気持ちはなかったが、身が竦《すく》んだ。

苛《いじ》められることもなかったが、楽しくもなかった。

給食を食べるのが遅くて、いつも残された。新入生は午後の授業がなくて、給食を食べればお終《しま》いなのだけれど、すっかり食べ終わるまで帰しては貰えなかった。好き嫌いはなかったのだけれど、小さい僕は早く嚙んだり飲み込んだりすることが出来なかったのだ。

先生は怒らなかったが、残さず全部食べるんだよと、粘り強く待ってくれた。優しかったのだろうけれども、迷惑だなあと思っていた。

最初の頃は、給食を食べるのが遅くて残される子供は、僕以外にも何人かいた。少なくとも五六人はいただろう。

でも、そのうち一人減り二人減って、みるみる少なくなってしまった。早く食べられるようになるというよりも、食べ方の要領のようなものを覚えるのだろう。僕はいつまでたっても要領が悪かった。

二週間くらい経つと、残され組はたった二人になった。

僕と、よしこという名の女子生徒の二人だ。

よしこ――だったと思う。

苗字は覚えていない。

よしこさんはおかっぱ頭で、眼も口も小さくて、鼻も低くて、餡《あん》パンみたいな顔をしていた。

昭和の中頃の子供たちは、今と違ってみんな何処となく貧乏臭かった。僕もご多分に漏れず見窄《みすぼ》らしい恰好をしていた。みんなそうだったから、あまり気にならなかったのだが、思い起こせば恥ずかしくなる。

よしこさんは、その中でも際立って見窄らしい服を着ていた。記憶の中ではそうである。

入学したての頃の僕は、友達らしい友達もおらず、勿論クラスにも全然馴染めていなかった。女子生徒とは口を利くことすら出来なかったくらいだ。だからクラスの女子の顔も名前も、まるで覚えられなくて、だからよしこさんのことも、ちょっと汚れた感じの子だなあと思っていただけだった。

何日か二人で残された。

先生がお雛《ひな》さまのようだなあと言ったのをよく覚えている。

ちょっと嫌だった。照れ臭かったわけではなく、本当に嫌だった。

それでも、入学してひと月を過ぎたくらいで、僕も時間内に給食を完食できるようになった。

よしこさんが先に勝ち抜けたのだったか、僕の方が早かったのだったか、それは覚えにない。

覚えにないというなら、その頃食べた給食のメニューは、まったく記憶にないのだった。何を食べたのか、美味しかったのか不味かったのか、味も食感も、何も覚えていない。試練を克服したような、そうしたイメージだけが残っている。

一学期の終わりくらいになると、僕も漸《よう》やくクラスに溶け込み、夏休み前には仲良しも何人か出来た。

クラスメイトの顔や名前も覚えたと思うのだけれど、流石にもう全員のことは思い出せない。今もちらほら覚えているのは主に男子で、女子に関しては記憶が曖昧《あいまい》だ。

目立つ子以外は、やっぱり当時から眼中になかったのだろう。

その当時は、男子と女子が一緒に遊ぶということは殆《ほとん》どなかったから、あまり覚える必要もなかったのだと思う。

下校時に、テレビアニメの話で盛り上がったことがあった。

僕は原作の漫画を読んだことがなくて、漫画の方がアニメより面白いという話を友達から聞き、迚《とて》も読みたくなったのだった。ひとくさり話を聞いて笑って、僕は友達と別れた。別れてすぐ、後ろによしこさんがいることに気付いた。

家、こっちなんだと思った。

思い出せるのは、冴えない服と、餡パンみたいな丸い顔だ。

別に挨拶はしなかったと思う。声を掛けられた覚えはなくて、でもこちらから声を掛けたということもないだろう。そう思う。

でも僕らはその時、会話を交わしている。給食の一件はあったものの、それまで口も利いたことがなかったわけだし、どういう経緯《いきさつ》だったのかはまるで記憶にない。

覚えているのはよしこさんが、私その漫画持ってるよ、と言ったことだ。

もしかしたらその前の段階からよしこさんは僕らの会話に混ざっていて、僕がそれに気付いていなかっただけだったのかもしれない。

貸してあげようか、とよしこさんは言った。

僕は読みたかったから、貸して貸してと言ったと思う。

大通りを少し進んで、家に向かう坂の登り口に到った。よしこさんはそこで立ち止まり、うちはここだからと言った。たぶん、そう言った。

あの、傾いたアパートだった。

たぶんそうだった。

僕は翌日にはそのことをすっかり忘れていたと思う。

他に用事もなかったから、僕はよしこさんと口を利くこともなく、よしこさんの方から接触して来ることもなかった。

たぶん。

僕がその約束らしきことを思い出したのは、一学期の終業式の日だった。

何故か突然思い出したのだ。契機《きっかけ》はわからない。

下校の時に声を掛けた。

貸してくれるんじゃなかったっけ——。

よしこさんは素っ恍惚《とぼ》けたような顔をして、友達に貸しているからまだ貸せないやと言った。顔の方ははっきり思い出せないのに、何故か表情だけはよく覚えている。

ああ、嘘だなあと、その時は思った。

僕のうちは、あんまり裕福ではなかった。家も借家で、狭くて汚かった。それでもあのアパートよりは少しだけマシだと、小学生の僕は思っていた。実際、その認識は正しかったのだろう。

だから、僕が買えないような本を、よしこさんが持っているわけがないと、そう思ったのである。見栄を張っているのだろうと思ったのだ。

でも僕は黙っていた。

それは小さな嘘だし、そんな嘘を暴いてもお互いに何の得もない。僕は仲の良い友達と一緒に帰って、その日のうちに漫画のことは全部忘れた。

夏休みの中程。

その日は朝から友達四五人と連れ立って虫捕りに行った。それはよく覚えている。

一日中裏山を駆け巡って、それでもろくな虫は捕れず、対して珍しくもない当たり前の蝶々《ちょうちょう》を二頭捕っただけだったのだが、大層楽しかった。

汗だくになって日暮れ前にみんなと別れた。

夕焼けがやけに綺麗だった。

道路も電柱も、斑《まだら》にオレンジ色に染まっていて、僕はそのオレンジの中を捕虫網と虫籠を持ってとぼとぼと歩いていた。

やがて角のアパートが見えて来た。歪んだ古い建物は、夕陽に映えて、益々黒々としていた。

暑かったんだと思う。

アパートの前の縁石には、ランニング姿の髭だらけの男が座っていた。男は眩しそうに眼を細め、煙草をふかしていた。西陽に晒されているのだ。

男は顔も首も汗塗れで、シャツはぺったりと肌に密着していた。

僕は何だか怖かったので男から少し離れて、車道を歩いた。

アパートから数えて三軒目か四軒目くらいに、何故だか軒下にケージを作ってアヒルを飼っている家があって、その前に――よしこさんが立っていた。

表情は思い出せない。

でも、どうもセーターを着ていたような記憶がある。時期的にその服装はあり得ないから、もしかしたら記憶違いかもしれない。と、いうよりも僕は、並んで残されていた時のよしこさんの服しか覚えていないのだ。

よしこさんは、口を横に広げるようにしてにっと笑うと、これ、と言って僕に本を差し出した。

漫画の本のようだった。

ああ、そういえば借りることになっていたっけと思い出し、受け取った。受け取ってみたけれど、その漫画は僕が読みたかったテレビアニメの原作漫画ではなくて、見たことも聞いたこともない、全然知らない漫画だった。

面白いよとよしこさんは言った。

僕は、違うじゃん、と――どうしても言えず、ただじゃあね、と言った。ありがとうでも、いつ返すでもなく、ただじゃあね、と言ったと思う。何故そんなふうに言ったのかは、ほんとうにわからない。

よしこさんは西陽の中でにやにやしていた。

僕は、そのオレンジ色に染まっているよしこさんを伏し目がちに一度見てから、家路を辿った。オレンジ色のよしこさんは、やっぱり季節外れの冴えないセーターを着ていたと思う。僕は半袖半ズボンだった筈なのだが。

それからどうしたのかはよく覚えていないのだが、その時考えたことはよく覚えている。

まず僕が考えたのは、よしこさんは僕の読みたかった漫画をやっぱり持っていなかったのだろう——ということだった。見栄を張ったのか調子を合わせただけなのか、いずれ嘘だったのではないか。

いや。

嘘ではなかったのかもしれない。

僕の家も貧乏だけれども、たぶんよしこさんはもっと貧しいのである。漫画なんかをねだっても、買って貰えるとは思えない。それに、僕が借りたかった漫画も、よしこさんが貸してくれた別の漫画も、女の子が読むような漫画ではないのだ。もしかしたらよしこさんにとって、漫画なんてものは読めれば何でも良かったのではないか。僕が借りた漫画だって、買って貰ったものではなくて、偶々《たまたま》家——アパートにあったものなのではなかったか。

借りた漫画は、かなり古くて、あちこち汚れていた。

よしこさんは活発な子ではなかった。友達も少なそうだったし、外で遊んでいるところを見た覚えもなかった。それなら、あまり楽しいこともなかっただろう。だからアパートにあった漫画を繰り返し読んでいたのではなかったのか。もしかしたら、僕が読みたかった漫画もほんとうはあったのかもしれない。あったとしても、自分の本ではないのなら自由に貸したりすることも出来ないだろう。

嘘を吐《つ》いたわけではなかったのかもしれないのだ。

借りた漫画は、最初はピンと来なかったのだけれど、読んでみるとそれなりに面白い漫画だった。作者はその数年後に作風を変えてブレイクする人ではあったのだが、その当時はまだぱっとしない二流漫画家だった。これは後講釈になるのだが、それはレアな作品だったということになるのだろう。勿論、その頃はそんなことは知りもせず、ただ何となく、せっかく貸してくれたのだからというだけの気持ちで、僕はその漫画を読んだのだった。

読んで、色々考えて、すぐに返そうと思った。

でも、夏休みの子供というのはそれなりに忙しいものだ。遊んだり、夏休み帳をやったり、大したことをしていないのにだらだらしているうちにスケジュールは埋まってしまう。僕も、忘れたわけではなかったのだが、何となく面倒で、先延ばしにしてしまったのだった。

あの曲がったアパートに行くのが厭だったというのもある。

毎日のように前は通るのだが、誰が住んでいるのかわからないのだし、子どもの目から見れば明らかに怖そうに思える風体の大人が出入りしていることは間違いなかった。

それに——。

本当に、そこによしこさんが住んでいるのかどうかもわからないのだ。

うかうかしているうちに夏休みは終わってしまった。

二学期を迎えた教室に、よしこさんの姿はなかった。僕の記憶にないというだけなのかもしれない。先生からの説明もなかったように思う。後になって当時のクラスメイトに尋いてみたのだけれど、誰も何も覚えていなかった。よしこさん自体を覚えていない者もいた。

たぶん、転校したのだろう。

僕の手許《てもと》には少し汚れた変な漫画だけが残った。

それから暫くして。

かなり涼しくなった頃のことだと思う。

街路樹の葉の色が変わり、道にも枯れ葉が落ち始める時分。僕は曲がったアパートの前に立っているよしこさんを見た。

あ——と、思った。

思ったのだが、どういうわけか声を掛けることが出来ずに、ただ僕は家に向けて走ったのだった。

漫画を返すなら今しかないと思ったのだ。

よしこさんは転校してしまったのだから、もう二度と会えないかもしれない――そう思ったので、僕は急いだ。

転校した人が何故そこに立っていたのかという疑問は、その時は抱かなかった。

靴を脱ぐのももどかしく、僕は部屋に駆け込んで本棚の端っこに差し込んであったあの漫画を抜き取り、アパートの前まで戻った。でも。

よしこさんはもういなかった。

僕は、黒い、歪んだアパートの前で、薄汚れた漫画を持って立ち尽くした。

その年の暮れか、明けてすぐ。

アパートの周りに足場が組まれた。足場は地面に垂直に立てられているので、建物の傾き具合が余計によくわかった。

そのうち、シートが掛けられて、気が付いた時にはアパートは壊されていた。

どういう具合だったのか、そこは今でもよくわからないのだが、壊し切る前にシートは外され、足場も撤去されてしまった。瓦礫《がれき》というか、柱や壁の残骸が一角に積まれていて、土台や、一階のトイレや流し台なんかはまだそのまま残っていた。不思議な光景だった。その状態でアパートは一週間くらい放置されていた。

業者との揉めごとがあったのかもしれない。

三学期は、もう始まっていたと思う。

その日は寒くて、雪がちらほら降っていた。

細かい雪で、積もるような降り方ではなかった。地面は乾いていたし、だから僕は傘も差さずにとぼとぼと歩いていた。学校からの帰り道だったのだろう。悪天の上に日が短くなっていたから、既に少し微暗い感じはしていたと思うが、夕方という時間ではなかったし、街は充分に明るかった。

角地の、アパート跡が見えた。

どういうわけか瓦礫の上だけはうっすらと白くなっていた。

雪が積もっていたのか、埃だったのか、よく覚えていないけれど、記憶の中ではそうである。

一応縄のようなものが張り巡らされていて、立ち入り禁止の札が立っている。真ん中辺りに横倒しになった冷蔵庫があって、その後ろに割れた便器が見えていた。後は黒い材木と、漆喰《しっくい》なんかの破片と、腐った畳なんかの山である。

冷蔵庫の横に。

よしこさんが立っていた。コートもマフラーもない。

あの、冴えないセーターを着た、よしこさんだった。

あ——と、また僕は思った。

声を掛けるべきか。漫画を返さなきゃ。それより、何処に引っ越したのか。いついなくなったのか。そんな処で何をしてるのか。

そういう色々な想いが一度にどっと噴き出して、収拾がつかなくなって、それで、それで僕は――。

声は出なかった。

というか、何と言っていいのかわからなくなったのだと思う。

ま――。

待ってて、と僕は漸《ようや》く、たったそれだけの単語を漸く、しかも明後日の方を向いて叫んだ。よしこさんはこっちを見て、口を横に広げてにっと笑った――ような気がした。

よし、声を掛けられたからあの本は返せるぞ、僕はそう思って、また走った。

でも、走っている途中で。

やっぱり無駄だという思いが頭をもたげた。

返せるわけがない。

返せないいんだ。

どうしてそんな風に考えたものか、まるでわからないのだけれど、走る速度は徐々に落ちて行った。家の前に着いた時、僕はもうその無根拠な想念にすっかり取り憑かれていたのだ。僕は遣る気なく家に上がり、部屋に入って、ごろりと横になった。どのくらいそうしていたのかは定かでない。十分か、二十分か、もっと長かったかもしれない。

いや、僕は待っててと言ったじゃないか――。

突然そう思った。大慌てであの漫画を捜したが、見当たらなかった。

どきどきした。僕は慥《たし》かに待っててと言ったのだ。だからよしこさんは待っているかもしれない。雪が降っているというのに、あそこに立っているかもしれない。そう思うと居ても立ってもいられなくなって、僕は手ぶらのまま、とにかくあのアパート跡に向かったのだ。雪は止んでいたが、寒かった。

よしこさんはいなかった。

何だか物凄く後悔したのを覚えている。

僕は、廃材とがらくたとゴミの山をただ呆然と眺めた。

溜め息を吐《つ》いた。

息は真っ白だった。

三学期の終わり頃には、廃材も瓦礫もすっかり片付けられて、アパートの跡は更地に近い状態になった。とはいえ、きちんと整地されたわけではなくて、要はゴミが片付けられただけだったと思う。凸凹していたし、土台の一部なのか、それとも何か別なものなのか、とにかく土じゃないものが埋まっているように見えた。

かなり長い間、そこはそんな状態のまま放置されていたと思う。完全な更地になったのは、ずっと後のことだった。

立ち入り禁止のロープが外されてしまった所為《せい》もあるのだろうが、そこは私有地であるにも拘《かかわ》らず、見た目はただの空き地になってしまった。だから敷地の中に入る者もいた。僕も一度か二度、何人かと連れ立って入ったと思う。

遊べる程に広い面積ではなかったから、別に何をするでもなかったのだけれど、物凄く悪いことをしているような、そうでもないような、妙な昂揚があった。

僕は荒れた地べただけを観て、靴の爪先で何かをほじくり出したりしてみたのだと思う。蚯蚓《みみず》か何かがいたのだったか。人形の頭か何かがあったのだったか。

二年生になってからのことだ。

空き地のままのそこには、雑草が生い茂っていた。

連休は過ぎていたから、五月後半か、六月になっていたかもしれない。

風もなくて、曇り空で、冴えない日だった。

まるでよしこさんのセーターみたいな日だった。

それはしかし、後から思えばそうだったというだけで、その時にそう感じたわけではないと思う。でも、何となく予感めいたものは持っていたのかもしれない。

いや、それも後付けの解釈で、僕はただ、とぼとぼと不安げに歩いていただけだったのだろう。

背の高い草が、青々としていた。

前を通り過ぎようとした時、風もないのにさわりと草が動いた。

草と草の間から、ぬっと顔が出て来た。

おかっぱ頭の、ちょっと汚れた顔が、口を横に広げてにっと笑った。

よしこさんだった。

僕は、どういうわけか走って逃げた。

空き地の前を走り抜け、全力疾走で家に向かった。靴を脱ぎ散らかして、ただいまも言わずに部屋に駆け込み、膝《ひざ》を抱えて隅に座ると、額《ひたい》を膝にくっつけた。

そこだけははっきり覚えている。

膝にも、額にも、今だって感触が残っている程だ。

怖かったわけではないと思う。

よしこさんが何故そこにいたのか、何をしていたのかはわからないけれど、それは別に恐ろしいものじゃない。

借りた本を返していないという背徳《うしろめた》さは多少あっただろう。

でも、走って逃げた理由はわからない。その時の自分の気持ちが、僕にはまったくわからない。

よしこさんを見たのは、それが最後だ。

夏休みになる前に空き地はやっと整地され、程なくしてごく普通の建て売り住宅が二棟建った。入居者は予め決まっていたのだろう。

景色がすっかり変わってしまい、もう元の、あの曲がったアパートの黒々とした威容をイメージすることは困難になった。

僕はそして、何もかもすっかり忘れてしまった。

違う。

何もかも忘れてしまったのではない。

記憶がなくなったのではなく、記憶しているということ自体を忘れていただけだ。思い出すことがなかっただけで、なくなってしまったわけではない。二十年以上経ったいまも、僕は色々なことを覚えている。

ただ、あちこちが朧《おぼろ》げで、霞《もや》がかかったようになってはいるのだが。

多少劣化はしているものの、覚えてはいるのだ。

覚えていること。

それは、事実なのだろうか。

覚えているのだから事実なのだろう。

入学したての頃に給食が食べられずに残されていたことも、担任にお雛さまと言われたことを僕が厭がっていたということも、母親は覚えていた。

僕以外の人間が覚えているのであれば、それはつまり事実と判断してもいいということになるだろう。それが僕の妄想ならば、母の記憶を侵蝕《むしば》む筈もない。ただ、一緒に残されていたのが何という生徒だったのかは母も記憶にないという。

黒くて歪んだアパートがあったことも事実だろう。同級生の何人かは覚えていた。

取り壊されて後、暫く廃材が積まれていたことも事実だ。侵入した連中が何となく覚えていた。アヒルを飼っていた家のことを覚えている者は多かった。

でも。

よしこさんのことを覚えている者は殆どいなかった。存在は何となく覚えていたとしても、名前まではわからないという。僕が一年生だった当時の名簿を当たってもみたのだが、よしこという名前は載っていなかった。卒業アルバムと比較してみて概ね誰が誰だかはわかったのだが、該当する女生徒はいなかった。一学期で転校してしまったのだとすると無理もないことかもしれない。担任の先生は亡くなっている。

そうすると。

どこまでが事実なのか、判然としない。

断片的に覚えていることを時系列順に並べて、その間を想像で埋めて繋げると、そうなってしまうというだけのことで、もしかしたら色々間違っているのかもしれない。

冷静になって考えれば、転校した筈のよしこさんが時間を置いてそんなところに立っているのは少々おかしい。

おかしいのだけれど、これは例えば物理的にあり得ないことではない。僕の見たよしこさんは、空中に浮いていたわけでも透けていたわけでもない。消えてしまったとか、変形したとか、そういうこともない。

よしこさんはただ、普通にいた、というだけだ。

これで、よしこさんが亡くなっていたとかいうのであれば、それはもう幽霊のようなもの——ということにもなるのだろうけれども、よしこさんなり誰なりが死んだという話を耳にした覚えはないし、僕自体、そんなふうに捉えていた形跡はない。

幼かったとはいえ、僕には例えばこの世のものでないものを見たというような認識は一切なかったと思う。縦《よし》んばそれを幽霊的なものとして捉えていたのであれば、意気地なしで怖がりだった幼い頃の僕は、もっと、ずっと怖がっていただろう。泣いて叫んで大騒ぎして、パニックになっていたかもしれない。

それなら忘れるわけもない。

何より、そんなに忌まわしい想い出ではないのだ。

僕が覚えている僕の感情の動きは、もっと静かで、もっと切ない、儚《はかな》い感じのものである。

時間が経ったから風化してしまったのだろうか。

いや、そうではない気がする。

元々、薄い記憶なのだ。

薄い上に、遠くなってしまった。

うんと。

よしこさんが実在するのかどうか、僕にはそれすらもわからない。わからなくなってしまった。彼女がいたということを確認する術《すべ》が僕にはないのだ。名簿にも載っていないし、覚えている者もいない。

もう、何もかもあやふやだ。

そんな子はいなかったのかもしれない。

一緒に残されて並んで給食を食べたのは別の子だったのかもしれない。漫画を貸してくれたのも他の子だったのかもしれない。瓦礫の前に立っていたのだって、叢《くさむら》から顔を覗かせた子だって、違う子だったのかもしれない。

もしかしたら僕は、それぞれまったく関係のない事象を頭の中で繋げているだけなのかもしれない。無関係な色々なものごとの記憶が重なり合って浮かび上がったモアレのようなものが、偶然あの見窄らしい女の子の姿を取ったというだけのことなのかもしれない。

そうでなかったとしても、例えば時系列が間違っているのかもしれない。よしこさんは慥《たし》かにいて、本も貸してくれて、あそこに立ってもいたのだけれども、それはすべて一学期のことで、二学期にはやっぱりいなくなってしまったのかもしれない。アパートももっと早くに取り壊されていたのかもしれない。反対に、転校したのはもっと後のことだったのかもしれない。ならばよしこさんがあのアパートに住んでいたということこそが間違いなのかもしれない。

それ以前に、何もかもが僕の空想の産物なのかもしれない。僕は体験していないことを体験したような気になっているだけで、実は後から勝手に物語を作り上げているだけなのかもしれない。

僕の過去自体、最初から最後まで妄想なのかもしれない。

僕だって実在するのかどうかわからないのだ。

突き詰めて考えるなら、自分自身が存在することを証明することだって、僕にはできないのだし。

だからよしこさんは幽霊なんかではないのだ。よしこさんが実在しないというのであれば、幽霊である筈がない。幽霊が死者の霊であるのであれば、実在しない人間の幽霊などいるわけもないことになる。

いや――。

そうでもないのかもしれないと、少し思う。

過去というのは、そもそもないものだ。あるのは現在だけである。

過去は、変化として認識されるだけだ。過去があるとするならば、それは記憶と記録でしかない。

記録は断裂した部分でしかない。世界の総体を余すところなく記録することは不可能である。情報は常に断片しか示すことが適わず、人はその破片を都合良く繫げて都合良く解釈しているだけだ。

記憶は当てにならない。どれだけはっきりとした記憶であっても、それは必ずしも真実ではない。濃いところも薄いところもあるし、それは時間とともにより濃くなったり更に薄くなったりする。歪んだり裏返ったりもする。人は、その不定形のもやもやしたものを、やはり都合良く捏ね上げて都合良く理解しているだけだ。

確実な過去など何処にもないのだ。

僕が過去と信じているものだって、その通りである保証なんかない。全部、何もかも僕の妄想であるのかもしれない。なら、本当かどうかなど、あまり意味のないことのように思う。

過去は、ない。だから本物も偽物もないのだ。ならば事実であろうと、想い出の断片を繋ぎ合わせて作り出されたまやかしの過去であろうと、変わりないように思う。

嘘と真実《まこと》に差などないのだ。

実在しない人物は、もう最初から幽霊と変わらないではないか。

と——いうよりも、幽霊というのはそういうものではないのかと、僕は思ったりもする。

だから、幽霊でもいいのだ。

幽霊でなくてもいいのだ。

ただ——。

僕の手許に、汚れた漫画の本だけはあるのだ。

それだけはどうやら現実なのである。この現実自体が妄想だというのなら話は別だけれども、それはいま、確実に僕の手の中にある。買った覚えはない。買って貰った覚えもない。

でも、読んだ記憶は慥《たし》かにある。

汚れた、染みのついた、古い本である。

段ボールの箱の奥の方に入っていた。引っ越しの時に詰めて、そのまま梱包を解かずに仕舞っておいたのだと思う。捜し物をした序《つい》でに、未整理のままだった箱を開けてみたら、入っていたのだ。

記憶通りなら、借りてから二十年以上経っていることになる。

もう一度読み返してみた。あちこち忘れていたけれど、処どころ覚えていた。

著者は今ではすっかり大御所になってしまった人物で、メジャーな作品も沢山ある。

だが、僕はあまり好みではなかったから、それ程読んだことがない。それなのに、こんなマイナーな初期作品を覚えている。やはり読んでいるのだ。二十年以上前に。

黒くて歪んだアパートも。

冴えないセーターも。

口を横に広げて笑う顔も。

みんな覚えていたじゃないか。

忘れていたわけではない。

ずっと、どこかに仕舞っていただけだ。

真実かどうかはわからないのだけれど。

いいや、きっとまやかしなんだと思うのだけれども。

嘘か。間違いか。思い違いか。思い込みか。真実か。

幽霊か。

そこで——。

僕は、この塚にやって来た。

小山程もある丘だ。

丘というより巨大な土饅頭である。

古墳か何かなのかもしれない。

いずれ自然の丘陵ではなく、岩や土を盛って造ったものではあるのだろう。

塚には樹木は生えておらず、処どころに苔や雑草のような緑が窺える。他の部分は凡て石か、赤土である。

塚の周りには等間隔に竹竿が立てられており、竹竿と竹竿の間には注連縄《しめなわ》が張られている。塚の周りには、ぐるりと注連縄が張り巡らされているのだった。結界、というのだろうか。よくわからない。

でも、それだけのものである。

塚守の老人が僕を見ている。

「覚えていることは、それだけですか」

老人が問うた。

「いや、無理に思い出すことなんかはないです。覚えていることが」

凡てですわと老人は言った。

「覚えていることは、それだけですな」

「はい」

どれが事実で、どれが虚構で、どこまでが記憶で、どこからが空想なのか、判らないのだが。

「そんなことは誰にも判りませんですよ」

老人はにこりともせずにそう言った。

「いま、目の前で起きていることだって、嘘か真実か判りやしませんよ。ほら、あたしなんざ、生きてるんだか死んでるんだかも、よく判りませんや」

「判りませんか」

「判りませんねえ。あたしはいったい、いつからここで、こうしてこの塚を守ってるんだかねえ。毎日毎日おんなじ景色眺めてるから、昨日も一昨日もない。十年前も五十年前もない。もしかしたら明日も明後日もないかもしれない。越し方行く末ごちゃごちゃになれば」

生きるも死ぬも関係ありませんと老人は言った。

「昨日は生きていましたし、明日は生きているか判りませんな。でも、明日と昨日が入れ替わっても、あたしは気が付かんでしょう。こんな、人里離れた処に長いことおりますと、時間も日にちも、判らんようになって来るんですなあ。時が逆さに流れても、あたしは気付かんかもしらんねえ」

そんなものだろうか。

いったいどうすればいいのでしょうと、僕は問うた。

「埋めます」

老人は、そう答えた。

「埋めるのですか」

「埋めますわ。ここはそういう処ですわ。この塚は、むかし塚ですからな。むかしを埋めるところです」

「埋めるとどうなりますか」

「そりゃああんた」

老人は眼を細めて、幾分笑ったような顔になった。

「昔話になりましょうな」

「何が――ですか」

「あんた、覚えていることが本当か嘘か、事実か虚構か、記憶か空想か、判らんというておらっしゃったでしょう」

「ええ。判らなくなってしまいました。もう二十年も経つので」

「判る必要がありますか」

「いや――」

必要というのはないのだけれども。

「それで――」

「済んでしまったことは、もう二度と起こりませんわ。人でいえば死んだも同然ですなあ。無ですわ。未《ま》だ起きていないことは、起きてみるまで判りませんわ。ないのですからな、これも無ですわ。人でいえば生まれる前ですわい。そうすると、生きている状態というのは、いまこの一瞬だけということになるでしょう。こうして喋っているうちにも、現在はどんどん死んで行きよるし、未来はどんどん生まれて、生まれた途端に現在になって、死ぬんですわ」

老人は語りながら注連縄を外し、僕を結界の中に導いた。

「想い出というやつは、死んだもんが出て来るのと同じですわなあ。なら、ほんとだとか、うそだとか、そんなことはもう、どうでもいいのと違いますか。想い出の中で生きている人と、死んだ人に区別がありますかな。あたしらみんな、幽霊みたいなもんと違いますかなあ」

あんたもなあ、と老人は言った。

「でも、人はばかですからね、すぐに真実だの事実だの謂《い》うでしょう。それで、作り話だ、嘘っぱちだと謂うのですわ。どっちか決めたがるばかが多いのです。でも、あんたそらあ、無駄ってもんでしょうや。そんなもん、みんな嘘じゃもの。ほんとなんかないですわ。あるとするなら、いま、この瞬間だけだわ。でもそれだって、ないようなもんでしょう。瞬間というても、時間としては無ですわな。零秒ですわ。あたしは無学だから難しいことはよう言わんけどもなあ」

言いたいことは解るように思う。

決めることはないんですわと老人は言った。

「嘘か実《まこと》か、分けて決めて、何になりますか。だから、そういう想い出は、覚えているだけ、そのまんま——」

ここに埋めますと、老人は塚を指差した。

「埋めれば——」

「埋めてしまえばどっちでもよくなりましょう。本当でも、本当でなくても、構わなくなる。虚実は綯《な》い交ぜになって——お話になるのです」

「お話ですか」

みんな、話ですと老人は言った。

塚の周りを半周ばかり回る。

無数の足跡が道を作っている。

何年も、何十年も、何百年も、数え切れない程の人がここを歩き、昔を埋めたのだろう。ここに埋めれば、百年前の昔も、去年の昔も、ついさっきも、みな同質の物語になってしまうのだろう。

丁度真裏辺りで老人は歩みを止め、塚を見上げた。

「この辺りですかなあ」

老人は杖代わりにしていた古びたスコップを僕に差し出した。

「たぶん、あの七分目くらいのところですわ」

老人は指差す。僕は見上げる。

「勾配は緩いですがな、足許が良くないから、滑らないようにしてくだされ」

「あそこまで登って埋めるのですか」

「たぶん、あの辺ですなあ。あんたの場合は。他の人の昔を掘り当てたら、埋め戻してくだされ」

「場所が決まっているのですか」

僕が来ることが判っていたとでもいうのだろうか。

何、もう埋まっておりますからねと老人は言った。

「え？　もう埋まっているって、どういうことでしょう」

「ここには過去も未来もないのですから、これから埋めるものは、もう埋まっておるのです」

なる程なあ。

じゃあ、あの曲がった黒いアパートも、アパートを壊した後の空き地も、給食も夏休みも、みんな、埋まっているのかなあ。

僕は納得してスコップを受け取り、斜面を登った。赤土と、苔と、石と、雑草を踏み締めながら。色々な昔を思い出しながら。ああ、いちいち考えなければみんな覚えているじゃないか。全部、まるごと、嘘だけど本当なんだなあ。

いちいち考えるからわからなくなって、足りない気がして、だから嘘みたいに感じてしまうんだ。考えることなんかないんだ。だってそれは、考えたことじゃあないんだもんな。嘘だとしたって、僕が考えたことじゃあないんだ。

その辺りですなと、老人の声がした。

なる程、初めて来たけれど、これから埋めるのだけれど、前に埋めたような気がするじゃないか。

ここに。

僕はスコップを突き立てて、赤土をひと掬《すく》いした。ああ、前にも掘ったぞ。そう思った。そして、いま掘っているというのに、未《ま》だ掘っていないような、これから掘るような、そんな奇妙な気持ちにもなった。

掘っても掘っても穴は深くならず、掘っていないのにもう穴は開いていた。

昔の僕と。

未来の僕が。

現在の僕と重なって、まるで多重露光の写真のように、僕は何重にもなっているんだろう。この刹那が無限に反復して、僕はもう懐かしさでいっぱいで、溢れてしまいそうだよ。

突然もういいような気がしたので、僕はスコップを横に置いて屈み、両手で土を払い除けた。

土の中には、よしこさんが埋まっていた。

薄汚れたセーターを着て、やっぱり煤けたような丸い顔で、少し恍惚《とぼ》けたような表情のよしこさんは、口を横に広げてにっと笑った。

「やっと返せるなあ」

僕は鞄から古びた漫画の本を出して、よしこさんに渡した。

「面白かったよ」

よしこさんはまたにっと笑って、本を受け取った。

別に何も言わなかったけれど、言う必要もないからこれでいいんだと思った。

やっぱりよしこさんはいた。

歪んだ角のアパートに住んでいると言っていたんだから。

僕が読みたかったアニメの原作漫画も持っているって言っていたんだから。

給食だって並んで食べたし。

そうだよね。

僕は、漫画の本ごとよしこさんに土を掛けて、埋めた。元通りに埋め戻した。掘っている時と同じ動作で穴を埋めた。ああ、やっぱり前にも埋めている。そう思った。

そして、いま埋めているというのに、未《ま》だ埋めていないような、これから埋めるようなな、そんな奇妙な気持ちにもなった。

埋めても埋めても穴は浅くならず、埋めていないのにもう穴は埋まっていた。

昔の僕と。

未来の僕が。

現在の僕と重なって——。

でも。

突然、僕はいまの僕だけになった。

僕は、どうも穴を埋めるのに夢中になってしまい、掘り出した土を戻すだけではなく、他の場所も少し掘ってしまったようだった。塚守の老人に依れば、そこは別の人の場所なのだ。僕の知らない何処かの誰かの昔が埋まっているのだろう。

これはいけない、埋め戻さなければと思って窪みに目を遣ると、何処かで見たようなものが目の端に入って来た。

——ああこれは。

これは、もう完全に忘れていたけれど、はっきり覚えているぞ。

僕は——埋め戻すのではなく、掘った。誰の昔なのか知らないけれど、見ずにいられなくなってしまったのだ。どうしても、どうしても見たい、見なければならない。

だって——。

そこに埋まっていたのは僕だった。

汚い、汗だらけの、擦り切れそうな半袖シャツ。泥だらけの半ズボン。虫籠と、捕虫網。汚れた頬。

小学校一年生の時の僕だ。夏休みの僕が埋まっていた。

二十年前の僕は、何故か満足そうに笑っていて、左手に見覚えのない漫画の本を持っていた。

――これは。

そうだ。あのテレビアニメの原作だ。僕が二十年前に読みたいと思った、あの漫画じゃないか。

――よしこさんか。

よしこさんが貸してくれたのか。

やっぱり嘘じゃなかったんだ。よしこさんは本当にこの漫画を持っていたんだな。

でも、貸すことが出来なかったんだ。何か、事情があったんだろう。

いや――。

ちゃんと貸して貰ってるよ、僕は。

そして僕は悟った。

この僕を埋めたのはよしこさんだ。

よしこさんにとっての僕は、ここに埋まっているこの僕なんだ。

僕は。

僕を埋めた。

ちゃんと埋め戻さなくては、お話が薄れてしまうから。

僕以外の凡《すべ》ての人にとって、僕は僕ではなくて、ただの想い出なのだろう。

でも僕にとってよしこさんがそうであるように、よしこさんにとって僕はただの想い出ではないのだ。

お話になったんだ。

お話は、消えない。

想い出は薄れていくけれど、物語は永遠だ。

物語になれたんだ、僕も。

僕はよしこさんのただの想い出ではなくて、昔むかしのお話になることが出来たんだ。

それは素敵なことだ。

過去も未来もない、現在もない、お話の中に僕はいる。

なら。

僕も幽霊のようなものだ。

よしこさんが生きているのかどうか、僕は知らない。

でも、それはあんまり関係ない。

僕が何度か見たよしこさんが幽霊だったとしても、別に構わないと思う。

多分、よしこさんも僕の幽霊を見ているだろう。生きていても、死んでいても、そんなに変わりはないのだ。お話の中だから。

むかし塚には、無限の過去と無限の未来が埋まっている。

何て素晴らしいことだろう。

この塚がある限り、僕は死ぬまで物語を持ち続けることが出来るし、誰かの物語の中で永遠に生き続けることが出来るのだから。

僕は塚の途中に立って、拳で汗を拭った。

あの夏休みの日みたいに、僕は泥塗れで汗塗れだ。

ここは素敵な場所だなあ。

埋めたかい、と老人が言った。

僕はにこやかに埋めました、と答えた。

これでもう安心だ。僕は勢い良く塚を駆け降りた。

眩談・完

解説　眩説

諸星大二郎

長椅子でうとうとしていると、電話の呼び出し音で起こされた。寝ぼけ頭で出ると、「ががあが、ぎいきいきい、げぜぜぜえっ、ぐづぐぶ」といった、意味不明の音声が聞こえた。恐怖に襲われて、意味も分からないままに「考えておきます」と言ってしまった。

その後は、ずっと仕事で忙しかった。仕事をしないと、白い紙に押しつぶされる夢を見るのだ。ようやく仕事が終わった頃、また電話があった。

「かがぎいい、ぜぜっづぶぶぶ、があげ、がげげげ……」

また「わかりました、なんとかします」と言って切るしかなかった。

直後、一冊の本がバイク便で送られてきた。京極夏彦著『眩談《げんだん》』。『冥談《めいだん》』や『幽談《ゆうだん》』は読んだが、これはまだだ。ゆっくり読もうと思ったが、そうはいかないようだ。そのままにしておくと、またあの「ががが、ぎぎぎ」という声が襲ってきそうだ。

でも、何をどうなんとかすればいいのだろう？　私は長椅子に座ってぼんやりと考える。そうしていると、外とか中とかから、いろんなものが押し寄せてくる。いつもはぼんやりとやり過ごすのだが、そうはいかない時もある。外からやって来るものは、特に怖い。でも、何もやって来なくなったら、それはもっと怖い。たとえばほら、外の通りを誰かが走ってくる足音がする。

「今に見ておれ、サンタクロース！　その三角帽子を奪ってやるぞ！」

と叫びながら、その誰かが走り過ぎて行く。

あれは誰だろう。サンタクロースと何があったのだろう。気になって仕方がない。気持ちがざわざわする。

私は気持ちを落ち着けたくて、庭に出る。庭にいつの間にか、見たことのないものが生えている。雑草の間にもっこりと、茸《きのこ》とも筍《たけのこ》ともつかない物が頭を出している。私はますます不安になって、すぐに家に入る。

ああ、落ち着かない。私は気を静めるために、本を読む。ちょうど『眩談』が届いていた。こういう時に読むのにきっと一番いい本に違いない。

ああ、やっぱりそうだ。怖いけれど懐かしい。奇妙だけれどいかにもありそうだ。

「便所の神様」これは読んでないな。でも、憶《おぼ》えがある。うちもこうだった。便所って、ちょっと前はみんなこうだった。

便所の神様と聞いて、思い出すことがある。私が子供の頃、誰かから聞いた話だ。それは母だったか、姉だったか、あるいは叔母《おば》とかそういう人だったか、記憶にないのだが、その人は便所で唾《つば》を吐いてはいけないと諭して、その理由をこう説明したのである。便所には神様がいて、大きい方を右手で受け、小さい方を左手で受ける。だから唾を吐くと、受ける手がなくて顔にかかると言うのである。だから便所で唾を吐いてはいけません。

その時はへえーとなんとなく聞いていたと思うのだが、よく考えてみると、すごい話だ。便所の神様なんか、間違ってもなりたくないな。でもこの話って、ほかでも言われていることなんだろうか？　全国的な通説なんだろうか。それともよほど地域的な、もっと極端に言えば、その話してくれた人の創作に近いものなんだろうか。私のほかにも、子供の頃に同じ話を聞いた人がいるのかどうか、できたら知りたいところだ。

『眩談』の話も怖いけれど、こっちも結構怖いと思う。便所の天井におっかない顔をした爺が逆さに座っているのも怖いけど、便器の中を覗《のぞ》いたら、両手を広げた爺が上を見上げてにこやかに笑っていたら、もっと怖いだろう。うん、これは引き分けだな。この調子で行くぞ。

「見世物《みせもの》姥《ばば》」うん、見世物小屋。これに敵《かな》うものはないね。私は残念ながら、話に聞くだけで、見たことがない。どれほどいかさまぽくっても、いや、いかさまっぽいからこそ、魅《ひ》きつけられてしかたがない。魅きつけられた時点で、もうそれは現実なのだ。箱の中の姥は実在する。見てしまったのだから。私は見たことがない。これは完敗だ。しかたがない。

「もくちゃん」うん、こんな人いるよ。私が子供の頃、近所にやっぱりそういう子がいた。ある日、その子がズボンもパンツも穿《は》かないで近所を歩いているのを見て、家に走ってそのことを両親に報告した記憶がある。両親は何も言わず、ただにこにこ笑っていただけだった。それは当時では、ただの日常だったのだ。

「シリミズさん」うーん、これこそ完全に日常じゃないか。日常そのものだ。日常そのものの中にこそ、怪はある。怪があるからこそ、日常だともいえる。

私は漸《ようや》く少し落ち着いた。ああ、そうだよ。怪のない日常なんて、意味ないじゃないか。でも日常の中の怪って、ハレなのかな、ケなのかな。ケであったら、ただの日常になってしまって、それはつまらないかな。

私は長椅子の背もたれに頭を乗せて、ぼんやりする。外を誰かが走って行く。

「勝ったと思うなよ、サンタクロース！　次こそは見ておれ！」

と、その誰かが叫びながら走り過ぎる。事情は分からないながら、がんばれと思う。

気を取り直して、私は庭に出てみる。庭に生えた茸だか筍だか分からないものは、いつの間にか大きくなってきていて、なんだか人の頭に見える。

私はまた不安になって、家に戻って、本の続きを読む。

「杜鵑《ほととぎす》乃《の》湯《ゆ》」そうだよ。たまに旅行に行くと、変な目に遭うことがある。それもよほど凝った、普通でない所とかへ行く旅行でなく、ごくありふれた平凡な旅行のつもりで行った時に、そういうことがある。タクシーである場所を指定して行こうとしたのに、そのタクシーの運転手がなんだかんだとゴネて、どうしてもそこへ行けなかったことがある。家族サービスで行った旅行が、なんだか変な違和感のうちに終わってしまったこともある。家族サービスの旅行なんて日常だ。一番、怪が這入《はい》りこむ危険がある時なのだ。旅行という一見非日常の世界と、家族サービスとか慰安旅行とかいった日常の延長のようなものが、どこかでねじれて交差したら、そこに怪が這入りこむのは当たり前なのだ。

「けしに坂」記憶は怖い。過去は怖いよ。思い当たりすぎて、コメントできない。

ああ、「歪み観音」を飛ばしてた。これだって思い当たるんだよ。そう、歪《ゆが》んでるのは自分じゃなくて世界の方だって思うのは、誰だってあるものね。そう思えば、これだって日常の話なんだよ。

これは怪談じゃない。日常だ。日常の中に潜む「怪」の話でもない。日常そのものなのだ。いや、怪談とはそもそも日常なんだ。というより、日常とはそもそも怪なんだ。

そう思うと気が落ち着いてくる。

私はかなりゆったりした気持ちになっていた。そうだ、コーヒーでも飲もう。台所でコーヒーを淹れていると、外からスピーカーの耳障りな声が聞こえてくる。

「物語になりきれなかった怪があったら引き取ります。壊れていてもかまいません」

そうがなりたてながら、トラックが通っていく。ああ、うるさい。そんなものならいっぱいあるぞ。でも、毎日こんな騒音を撒《ま》き散らしにやってくるやつにやるのは癪《しゃく》だ。

今度、燃えないゴミにでも出してやろう。それとも燃えるゴミかな？　資源ゴミじゃないだろう。もしかしたら有害ゴミかもしれない。

　庭に出てみると、例のものはずいぶん大きくなってきていて、なんだか人の頭に見える。また少し不安になる。電話の呼び出し音がするので、中に戻って電話に出る。

「があぁ、いいいい、ぜせせ、づつづつ」

「か・い・せ・つ」と言っているように聞こえる。なんとかしなければなるまい。

　私は『眩談』を読み終えて、本を置く。

　最後は「むかし塚」いいなあ。この塚はどこにあるんだろう。知ってたら飛んで行って埋めてしまいたいものがいっぱいある。

　過去は日常なんだろうか。日常の残骸《ざんがい》みたいなもんだろうか。どうでもいい日常の残骸は塵《ちり》みたいに消えてしまって、その跡に蹲《うずくま》って残っているものが怪になるんだろうか。

　ああ、いけない。完全に眩談病に感染している。京極病ともいう不治の病だ。早くこの変な、解説にもなっていない文章のようなものを片付けてしまわねば。そして、地下室の古雑誌の山を縛り直しに行かねば。でないと、古雑誌を束ねた順番を、誰かがバラバラに入れ替えていくのだ。しっかり縛ってあるのに。

「がが、いい……」という声は、もう庭から直接聞こえてくる。窓からちらと見やると、庭には『眩談』を出した出版社の編集者の頭が、物置くらいの大きさになって大口を開けている。両耳は既に翼になってバタバタ動かしている。

私はこの妙な解説のようなものを書き上げて、あの編集者の口に入れてこなければならない。そうすれば物置くらいの頭はその原稿を咥《くわ》えて、顔の両側に生えた翼でばたばたと飛び去っていくだろう。意味不明の電話もかかってこなくなるに違いない。そうすれば、私は静かな日常を取り戻せるかもしれない。白い紙が襲ってくる夢も、三日に一度くらいしか見なくなるだろう。サンタクロースと戦っている人は、一矢を報いることが出来ただろうか。しかし、いずれまた「げげげ、ごごご……」といった電話はかかってくるだろうし、庭には何かが生えてくるだろう。それが私の日常なのだから。

（もろほし・だいじろう／漫画家）

本書は二〇一二年十一月にメディアファクトリーより
刊行された単行本に加筆修正して文庫化したものです。

眩《げん》談《だん》

京極《きょうごく》夏彦《なつひこ》

平成27年 11月25日　初版発行
令和6年 6月15日　6版発行

発行者●山下直久

発行●株式会社KADOKAWA
〒102-8177　東京都千代田区富士見2-13-3
電話　0570-002-301（ナビダイヤル）

角川文庫 19453

印刷所●株式会社KADOKAWA
製本所●株式会社KADOKAWA

表紙画●和田三造

●お問い合わせ
https://www.kadokawa.co.jp/（「お問い合わせ」へお進みください）
※内容によっては、お答えできない場合があります。
※サポートは日本国内のみとさせていただきます。
※Japanese text only

ISBN978-4-04-103552-8　C0193

◆◇◇

角川文庫発刊に際して

角川源義

第二次世界大戦の敗北は、軍事力の敗北であった以上に、私たちの若い文化力の敗退であった。私たちの文化が戦争に対して如何に無力であり、単なるあだ花に過ぎなかったかを、私たちは身を以て体験し痛感した。西洋近代文化の摂取にとって、明治以後八十年の歳月は決して短かすぎたとは言えない。にもかかわらず、近代文化の伝統を確立し、自由な批判と柔軟な良識に富む文化層として自らを形成することに私たちは失敗して来た。そしてこれは、各層への文化の普及滲透を任務とする出版人の責任でもあった。

一九四五年以来、私たちは再び振出しに戻り、第一歩から踏み出すことを余儀なくされた。これは大きな不幸ではあるが、反面、これまでの混沌・未熟・歪曲の中にあった我が国の文化に秩序と確たる基礎を齎らすためには絶好の機会でもある。角川書店は、このような祖国の文化的危機にあたり、微力をも顧みず再建の礎石たるべき抱負と決意とをもって出発したが、ここに創立以来の念願を果すべく角川文庫を発刊する。これまで刊行されたあらゆる全集叢書文庫類の長所と短所とを検討し、古今東西の不朽の典籍を、良心的編集のもとに、廉価に、そして書架にふさわしい美本として、多くのひとびとに提供しようとする。しかし私たちは徒らに百科全書的な知識のジレッタントを作ることを目的とせず、あくまで祖国の文化に秩序と再建への道を示し、この文庫を角川書店の栄ある事業として、今後永久に継続発展せしめ、学芸と教養との殿堂として大成せんことを期したい。多くの読書子の愛情ある忠言と支持とによって、この希望と抱負とを完遂せしめられんことを願う。

一九四九年五月三日

角川文庫ベストセラー

嗤う伊右衛門　京極夏彦

鶴屋南北「東海道四谷怪談」と実録小説「四谷雑談集」を下敷きに、伊右衛門とお岩夫婦の物語を怪しく美しく、新たによみがえらせる。愛憎、美と醜、正気と狂気……全ての境界をゆるがせる著者渾身の傑作怪談。

巷説百物語　京極夏彦

江戸時代。曲者ぞろいの悪党一味が、公に裁けぬ事件を金で請け負う。そこここに滲む闇の中に立ち上るあやかしの姿を使い、毎度仕掛ける幻術、目眩、からくりの数々。幻惑に彩られた、巧緻な傑作妖怪時代小説。

続巷説百物語　京極夏彦

不思議話好きの山岡百介は、処刑されるたびによみがえるという極悪人の噂を聞く。殺しても殺しても死なない魔物を相手に、又市はどんな仕掛けを繰り出すのか……奇想と哀切のあやかし絵巻。

後巷説百物語　京極夏彦

文明開化の音がする明治十年。一等巡査の矢作らは、ある伝説の真偽を確かめるべく隠居老人・一白翁を訪ねた。翁は静かに、今は亡き者どもの話を語り始める。第130回直木賞受賞作。妖怪時代小説の金字塔！

前巷説百物語　京極夏彦

江戸末期。双六売りの又市は損料屋「ゑんま屋」にひょんな事から流れ着く。この店、表はれっきとした物貸業、だが「損を埋める」裏の仕事も請け負っていた。若き又市が江戸に仕掛ける、百物語はじまりの物語。

角川文庫ベストセラー

文庫版 豆腐小僧双六道中 おやすみ　京極夏彦

妖怪《ばけもの》総大将の父に恥じぬ立派なお化けになるため、豆腐小僧は達磨先生と武者修行の旅に出る。芝居者狸《しばいもんだぬき》らによる〈妖怪総狸化計画〉。信玄の隠し金を狙う人間の悪党たち。騒動に巻き込まれた小僧の運命は!?

対談集　妖怪大談義　京極夏彦

学者、小説家、漫画家などなどと妖しいことにまつわる様々を、いろんな視点で語り合う。間口は広く、敷居は低く、奥が深い、怪異と妖怪の世界に対するあふれんばかりの思いが込められた、充実の一冊!

文庫版 妖怪の理 妖怪の檻　京極夏彦

知っているようで、何だかよくわからない存在、妖怪。それはいつ、どうやってこの世に現れたのだろう。妖怪について深く愉しく考察し、ついに辿り着いた答えとは。全ての妖怪好きに贈る、画期的妖怪解体新書。

幽談　京極夏彦

本当に怖いものを知るため、とある屋敷を訪れた男は、通された座敷で思案する。真実の〝こわいもの〟を知るという屋敷の老人が、男に示したものとは。「こわいもの」ほか、妖しく美しい、幽き物語を収録。

冥談　京極夏彦

僕は小山内君に頼まれて留守居をすることになった。襖を隔てた隣室に横たわっている、妹の佐弥子さんの死体とともに。「庭のある家」を含む8篇を収録。生と死のあわいをゆく、ほの暝（ぐら）い旅路。

角川文庫ベストセラー

遠野物語 remix

京極夏彦
柳田國男

山で高笑いする女、赤い顔の河童、天井にぴたりと張り付く人……岩手県遠野の郷にいにしえより伝えられし怪異の数々。柳田國男の『遠野物語』を京極夏彦が深く読み解き、新たに結ぶ。新釈〝遠野物語〟。

ずっと、そばにいる
競作集〈怪談実話系〉

京極夏彦、福澤徹三、加門七海、平山夢明、岩井志麻子 他　編／幽編集部　監修／東　雅夫

怪談専門誌「幽」で活躍する10人の名手を結集した競作集。どこまでが実話でどこから物語か。虚実のあわいを楽しむ〝実話系〟文学。豪華執筆陣が挑んだ極上の恐怖と戦慄を、あなたに！

最後の記憶

綾辻行人

脳の病を患い、ほとんどすべての記憶を失いつつある母・千鶴。彼女に残されたのは、幼い頃に経験したというすさまじい恐怖の記憶だけだった。死に瀕した彼女を今なお苦しめる、「最後の記憶」の正体とは？

眼球綺譚

綾辻行人

大学の後輩から郵便が届いた。「読んでください。夜中に、一人で」という手紙とともに、その中にはある地方都市での奇怪な事件を題材にした小説の原稿がおさめられていて……珠玉のホラー短編集。

フリークス

綾辻行人

狂気の科学者J・Mは、五人の子供に人体改造を施し、〝怪物〟と呼んで責め苛む。ある日彼は惨殺体となって発見されたが⁉――本格ミステリと恐怖、そして異形への真摯な愛が生みだした三つの物語。

角川文庫ベストセラー

殺人鬼 ——覚醒篇

綾辻行人

90年代のある夏、双葉山に集った〈TCメンバーズ〉の一行は、突如出現した殺人鬼により、一人、また一人と惨殺されてゆく……いつ果てるとも知れない地獄の饗宴。その奥底に仕込まれた驚愕の仕掛けとは？

殺人鬼 ——逆襲篇

綾辻行人

伝説の『殺人鬼』ふたたび！ ……蘇った殺戮の化身は山を降り、麓の街へ。いっそう凄惨さを増した地獄の饗宴にただ一人立ち向かうのは、ある「能力」を持った少年・真実哉！ ……はたして対決の行方は?!

Another (上)(下)

綾辻行人

1998年春、夜見山北中学に転校してきた榊原恒一は、何かに怯えているようなクラスの空気に違和感を覚える。そして起こり始める、恐るべき死の連鎖！ 名手・綾辻行人の新たな代表作となった本格ホラー。

感傷の街角

大沢在昌

早川法律事務所に所属する失踪人調査のプロ佐久間公がボトル一本の報酬で引き受けた仕事は、かつて横浜で遊んでいた〝元少女〟を捜すことだった。著者23歳のデビューを飾った、青春ハードボイルド。

らんぼう

大沢在昌

事件をすべて腕力で解決する、とんでもない凸凹刑事コンビがいた！ 柔道部出身の巨漢「ウラ」と、小柄だが空手の達人「イケ」。〝最も狂暴なコンビ〟が巻き起こす、爆笑あり、感涙ありの痛快連作小説！

角川文庫ベストセラー

角川文庫ベストセラー

ドミノ　恩田陸

一億の契約書を待つ生保会社のオフィス。下剤を盛られた子役の麻里花。推理力を競い合う大学生。別れを画策する青年実業家。昼下がりの東京駅、見知らぬ者同士がすれ違うその一瞬、運命のドミノが倒れてゆく！

ユージニア　恩田陸

あの夏、白い百日紅の記憶。死の使いは、静かに街を滅ぼした。旧家で起きた、大量毒殺事件。未解決となったあの事件、真相はいったいどこにあったのだろうか。数々の証言で浮かび上がる、犯人の像は——。

チョコレートコスモス　恩田陸

無名劇団に現れた一人の少女。天性の勘で役を演じる飛鳥の才能は周囲を圧倒する。いっぽう若き女優響子は、とある舞台への出演を切望していた。開催された奇妙なオーディション、二つの才能がぶつかりあう！

メガロマニア　恩田陸

いない。誰もいない。ここにはもう誰もいない。みんなどこかへ行ってしまった——。眼前の古代遺跡に失われた物語を見る作家。メキシコ、ペルー、遺跡を辿りながら、物語を夢想する、小説家の遺跡紀行。

夢違　恩田陸

「何かが教室に侵入してきた」。小学校で頻発する、集団白昼夢。夢が記録されデータ化される時代、「夢判断」を手がける浩章のもとに、夢の解析依頼が入る。子供たちの悪夢は現実化するのか？

角川文庫ベストセラー

GOTH
夜の章・僕の章
乙一

連続殺人犯の日記帳を拾った森野夜は、未発見の死体を見物に行こうと「僕」を誘う……人間の残酷な面を覗きたがる者〈GOTH〉を描き本格ミステリ大賞に輝いた乙一の出世作。「夜」を巡る短篇3作を収録。

失はれる物語
乙一

事故で全身不随となり、触覚以外の感覚を失った私。ピアニストである妻は私の腕を鍵盤代わりに「演奏」を続ける。絶望の果てに私が下した選択とは？　珠玉6作品に加え「ボクの賢いパンツくん」を初収録。

今夜は眠れない
宮部みゆき

中学一年でサッカー部の僕、両親は結婚15年目、ごく普通の平和な我が家に、謎の人物が5億もの財産を母さんに遺贈したことで、生活が一変。家族の絆を取り戻すため、僕は親友の島崎と、真相究明に乗り出す。

夢にも思わない
宮部みゆき

秋の夜、下町の庭園での虫聞きの会で殺人事件が。殺されたのは僕の同級生のクドウさんの従妹だった。被害者への無責任な噂もあとをたたず、クドウさんも沈みがち。僕は親友の島崎と真相究明に乗り出した。

あやし
宮部みゆき

木綿問屋の大黒屋の跡取り、藤一郎に縁談が持ち上がったが、女中のおはるのお腹にその子供がいることが判明する。店を出されたおはるを、藤一郎の遣いで訪ねた小僧が見たものは……江戸のふしぎ噺9編。